CUENTOS
no contados

CUENTO HISTORIAS COMO CUENTOS

José Humberto Galiano La Rosa

SantaBárbara

CONTENIDO

El doctor sí tiene quien lo lea

Parodiando el título de la corta novela de Gabriel García Márquez ('El coronel no tiene quien le escriba'), publicada en 1961, he encabezado el prólogo de este libro escrito por el doctor José Humberto Galiano, médico de profesión, especialista en Medicina Interna y quien tiene, además, una especialidad en Servicios de Salud.

A diferencia del veterano militar que, gracias al ingenio de Gabo tuvo alto protagonismo en el célebre conflicto civil librado en Colombia entre octubre de 1899 y noviembre de 1902, conocido como la Guerra de los Mil Días, el doctor Galiano puede pregonar a los cuatro vientos que, ciertamente, él no tiene quien le escriba, pero sí quien lo lea, y en abundancia. Y eso, a la larga, es la razón de ser del del escritor y lo que en verdad rebosa el alma, porque no existe recompensa más edificante para el contador de historias que tener la certeza de que su voz es escuchada.

El viejo coronel de Macondo ve pulverizar, cada viernes en el puerto, sus esperanzas de recibir la buena nueva de la pensión por los servicios prestados en la Guerra Civil. En cambio, el doctor Galiano comprueba, de manera contundente, que sus cartas, alimentadas de anécdotas, cuentos y relatos, algunos de ellos inspirados en diálogos imaginarios con su nieto, cumplen su objetivo de llegar a los lectores.

Y de ello soy testigo, no solo por la reacción de los centenares de internautas en sus redes sociales (más de 18 mil) sino por los comentarios entusiastas de mis estudiantes —que son numerosos —

tanto en Barranquilla, como en Santa Marta— las veces en que hemos tomado, como ejercicio de lectura en voz alta, algunos de sus textos.

"Las palabras constituyen la droga más potente que haya inventado la humanidad", escribió en cierta ocasión el británico Rudyard Kipling, autor de la alucinante obra 'El libro de la selva'.

Esa aseveración le cae, como anillo al dedo, al doctor José Humberto Galiano porque él tiene el don, con el dulce encanto de su prosa, de convertirnos con una facilidad asombrosa en adictos a sus textos tal como lo hace cuando nos comparte sus angustiosas vivencias en 'El Cielo', descritas en los memorables relatos subtitulados 'Negociación de un secuestro' o cuando afirma con resolución plena que "Ahora vamos por la paz total" y nos comparte sus evocaciones: "Desde que mi memoria trae palabras y hechos, así como recuerdos del pasado, desde hace quizás siete décadas, siempre aparecen palabras muy trajinadas, muy usadas, tanto que cualquier niño desde los cinco años de edad puede decir que en su entorno alguien las utiliza: amor, cariño, pueblo, juego y paz…".

También nos da pinceladas de ternura y nostalgia, no exentas de creatividad, al compartirnos su hipotético diálogo con su entrañable amigo, el caballo Rosendo.

Bien lo dijo Truman Capote, el escritor de la seductora novela testimonio 'A sangre fría', esencial para todo amante de la literatura: "El mayor placer de la escritura no es el tema que se trate, sino la música que hacen las palabras".

Desde luego, el vocablo música representa la metáfora eficaz de describir la secuencia rítmica que se genera mientras se lee, cometido que logra el doctor José Humberto Galiano, cuando nos narra cada una de sus historias y que, de arranque, nos advierte diciéndonos, después de saludarnos, que cuenta historia como cuentos, cosa de la que pueden dan fe quienes lo han leído desde aquellos lejanos días en que escribía para el periódico El Pilón, de Valledupar.

La clave no solo está en tomar una historia y contarla, suelo advertirles a mis estudiantes. El fondo no lo es todo. Debe haber un horizonte, un compromiso ineludible de que lo que cuente enamore. Entonces, es tan importante lo que se cuenta y cómo se cuenta. Esto no es otra cosa que tener en cuenta el fondo y la forma, y que se evidencia en este libro que está en sus manos, querido lector, que el doctor Galiano se ha aventurado a publicar con mucho tesón.

Este libro está conformado por los textos que, originalmente fueron publicados en sus redes sociales.

"Escribo porque siento la necesidad de que la gente conozca cosas que suceden, que tengan que ver con costumbres; que conozcan mucho de lo malo que sucede en el país nuestro, y que vaya inmerso en la verdad", dice el doctor José Humberto, a quien tuve el privilegio de conocer en la Maestría en Educación que comenzamos en 2019, en la Universidad Sergio Arboleda.

Solo me queda recomendarles, a ojo cerrado, la lectura de estos textos que, tengo la absoluta seguridad, al final concluiremos con un certero: ¡valió la pena la lectura!

Fausto Pérez Villarreal
Premio Nacional de Periodismo Simón Bolívar

Cuento historias como cuentos

Terminado mi ciclo profesional como médico, quiero contar historias; algunas de ellas vividas en las épocas agitadas de mi Colombia, otras son anécdotas familiares, de la época de estudios, de viajes y más, mucho más.

Hoy, con más años recorridos a los que denomino "vida, vivida", lo que, aunque suene raro, no lo es, pues muchos "pasan" por la vida, el colegio o la universidad, logrando a duras penas un "aprobado" para avanzar hacia el siguiente año de vida, me pregunto, ¿han vivido?,¿realmente lo han hecho? ¿qué tanto conocen del asombro, del amor, del miedo, de la alegría, de descubrir, inventar o intentar y de tantas otras cosas más? ¿Aprobaron la asignatura, "estar vivo" con nota alta? ¿o la pasaron raspando?, cuántas veces se colgaron una mochila a la espalda, con una enrollada tienda de campaña debajo del brazo y dijeron: estas vacaciones son mías, me las debo y se atrevieron a gritar: espérame playa o montaña, vamos a estar juntos. ¡Qué buenos fueron aquellos tiempos del auto stop!

¿Cuántas veces se ilusionaron o se desilusionaron?, ¿escucharon cantar a su cantante favorito? si algo de ello pasó entonces es probable que de verdad hayan estado vivos; cuando se está vivo se entiende que un minuto vivido equivale a muchos años de "pasar por la vida", es cuestión de decisión, no sabemos cuántos nos quedan por vivir; aquí narro algunas cosas que recuerdo y algunas otras que no se pueden recordar, porque sencillamente nunca se pueden olvidar.

Quiero también dejar escrita la importancia de llevar bien la contabilidad de la vida, saber sumar lo vivido en la columna de lo positivo, donde es bueno multiplicar las veces que se ríe, las que nos asombraron ante las cosas bellas del día a día, aquellas en que nos sentamos en familia, con amigos a contar historias, así como los momentos en los que nos dedicamos a ver más allá de lo que nuestros ojos alcanzan; la columna de lo positivo debe estar cargada, ahí está la vida. Hay que escribirla con tinta indeleble; la otra columna debe ser delgada, y en lo posible, escrita con un material que puedas ir borrando cada día.

Qué bueno que al mirar atrás podamos decir, qué alegría haber ido, qué bueno repetir algo de aquellos años, ahora más completos con la compañía de la familia; poco importa el no poder subir las montañas como antes, el no caminar de un pueblo a otro, en aquellos sitios tranquilos, porque nos faltan dos cosas esenciales: la "tranquilidad" que se perdió en casi todas partes y la "juventud" que al irse, se lleva consigo parte de nuestras energías, pero ambas cosas las cambio con gusto por poder ahora caminar con mi familia.

Qué bueno poder decir, estoy vivo, aunque no sepamos cuánto nos queda por vivir; por eso he decidido contarles lo bueno, lo regular y hasta lo malo vivido y dejar volar un poco la imaginación que los años no han logrado llevarse consigo; siento que mi columna, de lo positivo es más robusta, la otra es famélica.

PRIMERA PARTE

PRODUCTOS DEL TERRORISMO: NEGOCIACION DE UN SECUESTRO

SIGA SUBIENDO, MAS ARRIBA ESTAN, PREGUNTE EN EL CIELO

¿En qué año estábamos?, ¿qué importancia tiene el año en que sucedieron los hechos?, mucha, porque en Colombia, como en casi todos los países, ha habido acontecimientos que dividen la historia; aquí muchos reconocemos que tuvimos "un antes y un después del presidente Álvaro Uribe Vélez"; así es, tuvimos una Colombia, que antes de este gran señor, estaba secuestrada por bandidos que, a través de prácticas terroristas como masacres, secuestros, extorsiones, reclutamientos y los desplazamientos forzosos, dominaban algunas pequeñas partes del territorio, pero en su gobierno fueron confrontados, perseguidos, muchos detenidos, algunos dados de baja, otros se entregaban en puestos de la Policía o en batallones del Ejército y la gran mayoría tuvieron que huir a Venezuela o internarse de nuevo en las selvas.

Esta historia sucedió cuando el bandidaje y el crimen organizado hacían con los colombianos "lo que les daba la gana", o sea antes que "el gran colombiano", los hiciera volver a leer lo de Libertad y Orden y los metiera en cintura.

Esta historia vivida, en la que haré un esfuerzo para darle un tinte de "cuento", sin abandonar lo realmente sucedido, se inicia cuando un señor que siempre acompañaba a un ganadero, en calidad de trabajador y "hombre de confianza", entra sudoroso al pueblo donde se desarrollaron los hechos, llega hasta la casa donde vivía para el día de los hechos el "afectado" y dice casi gritando: "se llevaron a don Camilo (nombre cambiado del señor a quien la guerrilla secuestró). Los hechos sucedieron en el año 2001; era de mañana cuando recibí una llamada: "ven rápido al pueblo, secuestraron a Camilo". Me estremecí; todos sabíamos lo que significaba en esa época estar secuestrado.

Los criminales te daban dos opciones, cuando el secuestro era extorsivo: pagabas lo que te pedían y tenías la posibilidad de volverlo a tener en familia, y digo "la posibilidad", porque cientos de familias pagaron por sus secuestrados y nunca se los devolvieron, ni vivos ni muertos; la otra opción era la más cruel, si no podías pagar, asesinaban al secuestrado, muchas veces lo torturaban y en algunos casos, luego te vendían el cadáver a "menor precio".

Año 2001, cuando en Colombia, salir de cualquier pueblo o ciudad te ponía en la condición de ser víctima de secuestro, extorsión, "pesca milagrosa", crímenes cometidos por grupos terroristas, que para esos años se llamaban románticamente "guerrillas", pero que no eran más que lo que son ahora, años después: grupos de bandidos dedicados a enriquecerse del trabajo de los demás, a secuestrar, a volar oleoductos, puentes, explotar bombas en ciudades y pueblos y todo aquello que pudiera crear caos, para así intentar tomarse el poder.

Volvamos a lo sucedido, ante el llamado emprendí el viaje a mi pueblo en mi campero 4x4. Al llegar y conocer los detalles del secuestro, me encomendaron que fuera yo quien negociara a Camilo, con el grupo de guerrilleros pertenecientes al autodenominado Ejército de Liberación Nacional, ELN, que lo había secuestrado; acepté hacerlo y les pedí que colocaran la denuncia ante la Fiscalía y me dieran copia de dicho documento, cosa que hicieron.

Recuerdo que ese día, dormí en el pueblo y ya comenzaban las versiones del secuestro a circular. Decidí empezar "las gestiones"; me entrevisté con el 'Gordo', quien fuera la persona que estaba con Camilo en el momento de los hechos; este me narró cómo camino a la finca, los habían detenido aquellos criminales con cara tapada y emblemas de su grupo de asaltantes, y obligado a ir con ellos por calles menos transitadas, hasta salir del pueblo. Varios minutos después le ordenaron detenerse y bajarse del vehículo, advirtiéndole que tenía que dejar pasar, por lo menos, una hora antes de dar aviso de lo sucedido.

La narración, no me servía mucho, pues no me proporcionaba detalles relevantes; fue entonces cuando se me ocurrió pedirle que me acompañara a buscarlo por los montes, por donde todos en la región, sabían que estos bandidos solían llevar los secuestrados y a pesar de ser este una persona de toda la confianza del recién secuestrado, además de ser un hombre corpulento, me respondió que prefería no hacerlo, que tenía miedo "a lo que pudiera pasar"; en ese momento, recordé una situación personal de bastante peligro, que me había sucedido años atrás, en la que alguien me dijo: "tengo miedo y ese miedo es mío"; recordarlo me sirvió, porque es cierto, "el miedo es algo personal y debe respetarse".

Al salir de mi pueblo, que se encuentra ubicado en el centro del departamento del Cesar, a unos 150 kilómetros de la capital Valledupar y cuyas principales actividades económicas han sido tradicionalmente la agricultura y la ganadería, dotada como toda la región, de una fauna y flora abundante y variada, muy cercana a la Serranía del Perijá, parte más septentrional de la cordillera de los Andes y que hace frontera abierta con Venezuela, pensé: mejor en caliente y tomé la vía hacia esos cerros.

En la región se sabía que los guerrilleros andaban por esa zona, tranquilos como "Pedro por su casa"; al llegar a la primera trocha, me desvíe hacia la izquierda, para buscar las montañas, esas que cuando subes y subes como si fueras al cielo, hacen frontera con Venezuela; nada de eso era un secreto. Los bandidos siempre se refugiaban allí, llevaban a esos picos montañosos a sus secuestrados y con frecuencia cruzaban hacia el vecino país, donde se sentían más seguros por las relaciones que se sabía que tenían con el gobierno del dictador Hugo Chávez.

Muchos de los protagonistas de esta narración viven aún, por lo que, he cambiado los nombres de lugares, personas y de fechas, sin embargo, de mi memoria nunca se borrarán las atrocidades y las humillaciones sufridas a lo largo de este criminal secuestro, cada vez que me sentía mal, pensaba ¿cómo lo estará sufriendo Camilo? Siempre pienso que debemos dejar de engañar a niños y jóvenes, a quienes les han vendido la idea que esos delincuentes son los "Robín Hood modernos"; su atrocidad ha sido apoyada por algunos gobiernos, uno que otro escritor, siempre se ha sospechado que el Premio Nobel Gabriel García Márquez tenía relaciones muy amistosas con ellos.

La proximidad que tuvieron con algunos gobernantes y con otras autoridades, con quienes se sospecha compartían los frutos de sus fechorías, les permitían cometer toda clase de crímenes. Había llenado el tanque de gasolina de mi campero, tenía suficiente para una posible perdida, pues no conocía los sitios que estaba recorriendo; subía por las montañas, después había recorridos planos y pocos kilómetros más adelante volvía a subir, y en ese sube y baja era acompañado por mis pensamientos que iban de un lado al otro.

Mis pensamientos sumados a que por momentos sentía la compañía imaginaria de mi esposa e hijos, a ella por momentos la veía diciéndome que estaba loco, que cómo era posible que anduviera por esos sitios solo, pero en otro instante veía a Camilo, lo que él podría estar viviendo y me animaba a seguir la búsqueda. Hoy pienso que a pesar de ser yo tan amante de la naturaleza, y viendo tanta vegetación a mi alrededor, casi que ni la notaba, tenía alguna dosis de miedo, que me impedía fijarme en ello.

Estaba en mi primera y parcialmente fallida búsqueda, porque en un recodo de una de esas trochas, que ya parecía un camino de herradura, me encontré con un grupo de unos 20 o 25 hombres vestidos de camuflado, a los que enseguida reconocí como miembros del Ejército Nacional de Colombia. En aquel entonces, yo era una persona reconocida en mi departamento, por los varios cargos públicos que había ocupado y por el que desempeñaba en el momento de los hechos. Ello jugaba a favor y también en contra; a favor porque al ser una autoridad, de alguna forma esperaba un buen trato por parte de aquellos que fueran también legítima autoridad, además había formado parte en calidad de oficial de sanidad de un Batallón del Ejército de Colombia, lo cual pensaba que podría servirme en distintas formas; en mi contra jugaba, porque podría ser "apetecido" por los grupos de bandidos, pero las circunstancias me obligaban a seguir en la función que me habían encomendado.

Al momento, y sin mediar ningún saludo, ningún "buenos días", se me acercó un sub oficial, mal encarado, a quien parecía que le hubieran "pisado un callo", con cara de amargado precoz, quien me increpó: ¿Usted quién es, qué hace por aquí, para dónde va?, le dije quién era, que me alegraba verlos, cosa que era verdad; que había trabajado en el batallón Patriotas; de algo sirvió porque hablábamos en tono alto, como si ambos quisiéramos que todo el grupo que venía en fila india, nos escuchara; este se limitó a decirme que tuviera cuidado y que saliera de día de esos montes. Nos despedimos y unos metros adelante me detuvo otro de ellos, y me aconsejó: "siga subiendo, en cada ramal de la trocha doble hacia la izquierda, va a llegar a un caserío de seis u ocho casas; pregúntele a cualquiera que se le acerque, ¿dónde queda el Cielo?, de ahí son pocos metros, pero hay varios caminos, puede dejar el carro ahí o puede subir algo más con él, cuando llegue verá una finca con una casa grande de **bahareque** y techo de palma, con un alar en láminas de Zinc; al frente, afuera entre unos árboles de mangos, verá una mesa larga, llegue ahí, siéntese y hable con la persona que se le acerque, pregúntele si sabe algo.

Hice las cosas tal y como me indicó el cabo, pero en el trayecto, corto, por cierto, me pregunté, si ellos saben todo eso, ¿por qué no los combaten?, la respuesta la tuve cuando años después, fui el secuestrado por unas horas, cuya narración la encontrarán más adelante, donde uno de los "Elenos", vanagloriándose, me contó cómo tenían infiltrados y colaboradores entre "los perros", como ellos llamaban a nuestros soldados.

¿A dónde queda el cielo?, fue mi pregunta a un señor bastante mayor, con camisa color caqui desabotonada, de mangas largas que recogía a la altura del codo y que tenía un machete en su mano derecha. No parecía amenazante. Por el contrario, estaba claro que venía de cortar un racimo de plátanos de los que llamamos "mafufos o cuatro filos". Estaba claro y era tranquilizador porque a menos de tres metros estaba su gajo de mafufo, grande y con varias manos de cuatro filos bien gruesos, lo que mostraba la fertilidad de la tierra en esos montes. "¿Qué va a buscar allá?", me preguntó. Le respondí que iba a buscar a un amigo secuestrado. Enseguida me dijo: "Suba unos cien metros por ahí", y con su machete me mostró el camino, no sin antes recomendar que dejara el carro ahí, que no le pasaría nada, y que no me dejara agarrar por la tarde por esos sitios.

Así llegué "al Cielo", una planicie de unos 150 metros cuadrados. Lo suficientemente elevada para merecer ese nombre, en donde lo primero que vi fue una casa, de mediano tamaño, como de unas 8 a 10 habitaciones, que al frente tenía una mesa de tablas puestas sobre maderos que la sostenían y a cada lado unos 8 troncos que hacían de sillas para comensales.

Miro la inmensa mesa a la cual se sentarán de 16 a 20 personas, pensé: Si aquí se reúnen, aquí saben algo; contrario a lo que yo esperaba se me acercó una anciana, ya muy mayor, que rondaba en los 90 años, arrugada como la falda que tenía puesta, una de esas "polleras", del mismo color de su piel, que se podía confundir con el color de la tierra; la anciana me saludó y sin que yo tuviera tiempo de contestar me dijo: "acabo de hacer tinto, ¿quiere?". Rápido, le dije que sí, y pensé: comenzamos bien.

Con una totuma pequeña, de esas que son comunes en nuestros caseríos y fincas, hechas del fruto seco o "jecho" del totumo, llena casi hasta el borde de café, del cual ya me había dicho la anciana que estaba endulzado con panela; empecé a tomar mi café y le dije: señora, estoy buscando a un pariente que secuestró ayer la guerrilla, y como por aquí pasa tanta gente, le pregunto si sabe algo. Quedamos en un silencio largo que me parecía eterno y no me atrevía a romper, ella tampoco; me miraba, me escudriñaba, buscaba algo en mis ojos, como si pretendiera encontrar algo que yo ocultara; era incómodo, pero entendí que ella iba a decirme algo y así fue: "Si, pasa mucha gente, por aquí, hay muchas fincas. Esta tierrita es buena, pero yo últimamente no he visto nada; si usted quiere déjeme un número y si sé de algo, lo llamo y le cuento". Esas últimas palabras: "lo llamo y le cuento", me devolvieron el alma al cuerpo, ella trajo un paquete de cigarrillos Piel Roja, vacío; lo rasgó por ambos lados, lo extendió, convirtiéndolo en lo más parecido a una hoja de cuaderno y me entregó un lápiz. Yo anoté el número y me atreví a decirle, "deles mi número, si los ve por aquí, dígales que queremos arreglar esto".

Estuve a punto de abrazarla, pero no me atreví, me iba algo tranquilo porque presentía, casi que sabía, que ese número llegaría a las manos de quien me llamaría más adelante.

BUSCANDO CONTACTOS:
EL PROFE, DESAGRADECIDO O MUY COMPROMETIDO

El secreto de tener a una persona de la familia secuestrada es de esos "secretos a voces"; algunos dirán que se difunde rápido a manera de noticia o a manera de chisme, porque sucedió en un pueblo y recordarán aquel refrán: "pueblo chiquito, infierno grande"; eso puede ser cierto o no, pero no es posible negar que cuando una de esas cosas suceden, se conoce rápidamente y que esa velocidad de comunicación depende tanto del número de desocupados como de comadres chismosas, y en los pueblos entre ellos se conocen, por lo tanto un chisme de ese tamaño, pasa a ser la ocupación de un gran porcentaje de la población.

Que se haya sabido, a escasos minutos de sucedidos los hechos, aún antes de que el encargado de "poder decirlo una hora más tarde, lo dijera", ¿es algo positivo o negativo?, la respuesta tiene que ver con lo que haya sucedido una vez que el chisme anduvo de boca en boca; si las autoridades se hubieran movilizado a buscar al secuestrado, entonces diríamos que la gente chismosa fue una bendición, pero eso no sucedió a pesar de ser tan querido en su pueblo el secuestrado. Nadie movió un dedo. Cualquier otra versión es falsa; en el departamento del Cesar, solo cuando se secuestraba a un político con alguna influencia ante las autoridades o con mucho dinero, había movimientos de Policía y Ejército.

Recuerden que el secuestro, lo hizo un grupo criminal organizado, de esos que románticamente llamábamos guerrillas y que fue en el año 2001; hagan memoria, en el 2002 en su primer día de gobierno, el libertador de Colombia, el que arrinconó a los narco—guerrilleros, (esos que después fueron beneficiados por el presidente y premio nobel de paz, el traidor Juan Manuel Santos), los mismos que hoy persiguen desde la "justicia" al ex presidente Álvaro Uribe, quien inició su gobierno desde el departamento del Cesar, el más azotado por los criminales, dedicados la mayor parte de las veces al secuestro de la gente que producía en el campo; uno de sus primeros actos fue relevar del cargo a los comandantes de turno de Ejército y Policía en ese departamento.

Los chismes sobre el secuestro también trajeron a otro grupo de personas que sin presentarse como tal, querían fungir como orientadores, informantes y "expertos en soluciones de secuestros"; la mayoría iba a "pescar en río revuelto", buscaban una "ganancia económica ocasional"; ese tipo de personajes ya yo los había lidiado en algunos cargos públicos, cuando debía negociar con algún sindicato; eran ellos los que se acercaban sin ser llamados, a decirte cómo debes manejar una u otra situación; de ello aprendí que lo más conveniente, era no escucharlos o pasar por el tamiz varias veces sus opiniones.

De los que te querían "apoyar, orientar", había algunos que me interesaban, esos eran más complicados de descartar, pero había otros muy burdos, que de entrada te mostraban su interés económico para decirte, lo que, según ellos, "nadie más sabía", esos eran fáciles de descartar. Me interesaban los que me decían sin ningún interés económico: "háblese con el profe perencejo o mengano, en tal caserío o pueblo; acérquese al padre tal, está en plena zona roja, que debe saber algo", de ellos esperaba sacar un nombre útil, alguien que me sirviera de puente.

El rollo de "hablar con el nobel de literatura", por su amistad con los Castro, a quienes se ha reconocido como fundadores, orientadores y entrenadores de las guerrillas colombianas, a mí no me servía; yo no tenía como llegar a García Márquez y además nunca fue "santo de mi devoción"; ese tipo de información no me funcionaba, sin embargo comenzaron a llegar otras personas interesantes y que estaban al alcance de la mano; así fue que uno de los informantes voluntarios me dijo: "médico, háblese con el profe Migue, dicen que él tiene un hermano que es de ellos".

La información del profe Migue, no me funcionó, porque resultó que había sido mi paciente años atrás y apenas me vio, me saludó de abrazo y me dijo: "Médico me alegra verlo, lástima que sea en estas circunstancias; me imagino que vino porque le salieron con el cuento de mi hermano, el que se fue para Venezuela hace años y todos dicen que está con las guerrillas, eso es mentira, además si así fuera, él no nos iba a contar, nosotros no comulgamos con eso, pero ya le digo, si fuera cierto, no se llevarían a alguien tan querido en el pueblo".

El profe, hablaba como atropellado, rápido y remató diciéndome, "usted lo conoce, el que me visitaba cuando usted me salvó de la tifoidea". Nada que hacer ahí, me despedí algo frustrado. Había cosas que no me gustaban de esa visita al profe Migue, una de ellas es que yo no tuve tiempo de decir a qué había ido, además hablaba atropellado y una cosa más, su esposa se asomó y cuando nos vio hablando saludó y desapareció; esa es la misma persona que años atrás me había brindado en esa misma casa un "sancocho de gallina criolla" en agradecimiento por salvar a su esposo Migue; todo eso me dejó con muchas dudas. Migue estaba ubicado al sur del departamento y podía tener "amigos entre ellos".

Dos o tres días después, a eso de las cinco de la mañana, con muchas esperanzas salí de Valledupar hacia el sur, con la decisión de no parar en ninguna parte, así podía decir a mi esposa una mentira piadosa; le dije que iba a un pueblo cercano, no me acuerdo con qué misión oficial inventé el viaje; ella ya sabía en qué estaba yo y eso le preocupaba, por eso cuando sabía que podía regresar el mismo día evitaba decirle de qué se trataba, para evitar ponerla más nerviosa, por la inseguridad reinante.

Emprendí el viaje; cuando podía aceleraba mi vehículo para cumplir lo de regresar temprano, lo que por fortuna así sucedió; porque, aunque tuve que esperar a Juan, otro personaje en quien había puesto esperanzas, mi largo viaje, terminó muy rápido y de regreso pensaba que había perdido mi tiempo. Llevaba media hora esperándolo, inicialmente en la sala, luego vi un frondoso árbol de mango que ocupaba gran parte del patio y le pregunté a la señora que me había atendido, si podía, sentarme en las sillas que había debajo del árbol; con la positiva respuesta de la anciana, me ubiqué y recosté en su tallo un taburete o silla de madera y cuero de res y me dispuse a esperar; ahí estaba yo, debajo de su grandioso árbol, sacudiéndome las flores que dejaba caer, las cuales anunciaban una buena cosecha, ya se veían algunos racimos pequeños; entre tanto pensaba, qué me diría el dueño de casa, cuando entró saludando, yo me puse en pie y respondí su saludo.

Juan entró a escena, llegó a su casa, sin sotana, vistiendo un overol y unos tenis "Croydon", que decían a gritos que estaban cansados y gastados de tanto andar y solicitaban ser cambiados; los pobres tenis, no sabían cuántos kilómetros habían recorrido en los pies del sacerdote, solo decían que era hora de que los dejaran descansar, que ya habían cumplido su vida útil; ¿por qué los usaba aún este hombre de unos treinta y ocho años, de piel morena y ojos vivarachos más negros que el carbón, en quien yo había puesto muchas esperanzas; ¿quería mostrarse humilde, o de verdad lo era?, la verdad, eso no me interesaba, yo quería respuestas y poder regresarme pronto, ahí sentado a mi lado, estaba el hombre que yo pensaba que podía ayudarme.

Le conté las razones por las que había ido a buscarlo; me escuchó con calma y me dijo: "Sabe médico, toda la gente cree que los curas que estamos en esta zona, somos amigos de las guerrillas; se les olvida que hace años hay guerrilleros y paracos, que muchos han muerto porque los han mal informado, tanto como de un lado o del otro, todos vivimos entre esas dos fuerzas, pero el hecho de verlos pasar a los unos o a los otros, no nos hace amigos de ningún bando"; respiró profundo, se sacudió flores del mango y dijo: "es inevitable conocer a algunos, pero ellos se mueven mucho y ahora están desaparecidos, no vienen ni de compras. Doctor, váyase tranquilo, usted es conocido y seguro lo contactaran pronto; si el señor es mayor, querrán resolver pronto el asunto, tómese el jugo de corozo y regrese, no se exponga en estas carreteras".

Me despedí, regresé al campero y recuerdo que pensé, "él tiene razón, para ellos esto es un negocio y son los interesados en el dinero; tienen que llamar rápido y decidí no salir más a buscar información, porque nadie me diría nada; solo ellos los secuestradores, lo harían cuando se sintieran seguros; antes de las cinco de la tarde llegué a mi casa, siempre hablando y sonriendo, así restaba importancia a lo que hacía, con eso estaban todos más tranquilos. ¡Ahora, a esperar esa llamada!!

DESPUES DE PREGUNTAR EN EL CIELO, SUENA MI CELULAR

Camino a mi trabajo y esperando, con esa angustia que produce la necesidad de recibir una llamada, que es importante, pero que no sabes si te la van a hacer o no, sin saber, si pusiste la esperanza en el lugar y persona correctos, o si te equivocaste; yo tenía fe en que en cualquier momento, mi visita al Cielo y la charla con aquella anciana que servía alimentos a más de 16 personas en su rancho, darían resultado; mi celular debería sonar, cuanto más lo pensaba más seguro estaba; mi cerebro retrataba cosas como: ¿para qué una mesa de 18 puestos o más en esas montañas?, ese número de puestos, no eran para el Ejército, ellos armaban su propio rancho y no solían estar tan agrupados, por seguridad.

Si soñar no cuesta nada, creo que pensar tiene el mismo precio y yo pensaba de todo, cosas que parecían muy cuerdas, guiadas por el sentido común, o cosas que parecían algo locas, ejemplo, "y si la anciana de piel de color tierra húmeda, hubiera parido 18 o más hijos, todos ya serían mayores y no estarían viviendo con ella o si algunos de ellos se quedaron con sus esposas e hijos, eso justificaba la gigantesca mesa" y si esto o aquello, es que yo no podía decirle a mi cerebro simplemente no pienses más, de hecho, lo intenté varias veces, pero un potro desbocado, no responde a la rienda.

Pasaron varios días, seis o siete, desde mi subida al Cielo; mi seguridad en que me llamarían iba disminuyendo, pero al tiempo también pensaba que, ya habrían recibido mi número y me harían esperar para exigir un mayor pago y dejarme claro que, ellos tienen lo que yo necesito y no al revés. En palabras más exactas, ellos eran los dueños del producto a vender, el secuestrado, por lo que querían dejar en claro que pondrían las condiciones.

Sí, en eso pensaba todo el tiempo, pero por momentos cabía la duda, ¿y si me equivoqué y la anciana no es el puente para llegar a ellos?,

¿y si mañana vuelvo a subir al Cielo?; así transcurrían las horas; lo que más me atormentaba eran las preguntas que no me abandonaban: ¿cómo estará?, ¿le estarán dando sus medicinas?, ¿sabrán qué medicinas darle?, ¿las habrán conseguido antes de secuestrarlo? y muchas otras por el estilo.

Algo me tranquilizaba, los secuestradores, los criminales que lo tenían, sabían que para ellos valía más vivo que muerto, entonces tendrían que cuidarlo por lo menos dándole sus medicamentos; ¿pero tendrían en cuenta que es una persona mayor y que no puede caminar tanto como ellos?, seguramente lo harán caminar de noche por miedo a que alguna patrulla del ejército los viera andando de día. ¿Si será que soy el indicado para "negociarlo"?, sé que la familia me escogió entre otras razones porque en mis trabajos, me ha tocado lidiar mucho con sindicalistas, y he tenido negociaciones difíciles con ellos.

Las preguntas no se hacían esperar y caían como en tormenta, ¿pero, y si no lo hago bien y lo asesinan por mi culpa?, ¡Dios que lluvia de preguntas!; unos amigos italianos me habían aconsejado: "tienes que mostrarles que para ti, también es una mercancía; ellos te hablarán como si se tratara de ganado o de sacos de papas y tú tienes que hablar como ellos o pedirán mucho más, y se eterniza el secuestro y comienzan a infundir terror; nunca dejes que te hagan sentir que se demora por tu culpa la negociación".

"Ganado, sacos de papas, mercancía", eso rondaba en mi cabeza y seguía esperando esa llamada; cada vez que sonaba el celular, me ponía tenso, en fracciones de segundo pensaba como contestarles si la llamada era de los secuestradores, y creo que siempre respondía muy seco, pensando que eran ellos, y no, no era la llamada esperada, sino otra cualquiera.

Por fin, entra una llamada en la que el interlocutor me dice: "Señor, me dijeron que está interesado en comprar ganado, lo llamo porque tengo unos novillos que le pueden interesar, son animales de 3 años, con muy buen peso, cruzados de cebú con Gyr, los puede ver mañana? estamos como a tres horas; para que no se pierda, llegue al primer restaurante que hay a mano derecha en la carretera, a la entrada La Jagua de Ibirico; puede desayunar, allí nos encontramos y yo lo guío hasta la finca donde tengo el ganado; que dice, voy por usted mañana a las ocho y media al restaurante? Sin pensar nada, fui respondiendo que sí: por fin habían llamado.

Me regresé a casa; en el camino puse a tope de gasolina mi campero, pues no sabía hasta dónde iría al otro día; podría ser muy lejos, así que volvería a tanquear en el pueblo del restaurante; ya había comprado medicamentos para varios meses, pues algo me decía que esa primera reunión no sería con los "dueños del negocio". Por la noche, dormir no era nada fácil, de hecho, pasé despierto imaginando diferentes cosas que podrían suceder en unas horas, entre ellas, ¿"Y si los bandidos me tienden una trampa?, ¿y si me secuestran a mí también?; ya a las cinco de la mañana, después de miles de recomendaciones de mi esposa, salí a cumplir la cita.

Yo sabía que los secuestradores me llamarían en el trayecto, pero no les diría por donde iba, pues seguía pensando que podía ser una trampa; ellos pensarían que yo no iba a madrugar, eso pensaba yo, pero estaban equivocados; apenas estaba saliendo de la ciudad, cuando sonó mi celular, contesté, y me preguntaron: ¿viene solo?, ya sabía que usted es madrugador, ¿por dónde viene?; yo había decidido no contestar directamente a eso, así que le contesté: no se preocupe, llegaré a tiempo, ellos colgaron.

Llegaría por lo menos una hora antes al sitio de reunión y así fue. Casi no alcancé a sentarme en un kiosko que tiene el restaurante, cuando se me acercó un hombre de unos 58 años, piel morena, pelo crespo, que tenía una desviación de la comisura labial hacia la izquierda y me dijo: Hola doctor, ¿qué hace por aquí tan temprano?,¿me recuerda?, hace años fui paciente suyo, cuando usted hacía el año rural; ¿recuerda que me regañaba porque no tomaba los medicamentos de la presión?; terminó de hablar, yo sabía que no era él, le contesté secamente pues necesitaba quedarme solo en la mesa, para que se acercará el que venía a hablar conmigo "del negocio"; mi antiguo paciente, Luis, quién me recordó su nombre, se marchó después de explicarme que tuvo una hemorragia cerebral, por descuidar sus medicinas; tal vez notó que yo estaba ocupado en algo diferente.

Miraba mi reloj cada dos o tres minutos, nadie llegaba; al poco tiempo, se acercó una mesera y me saludó; yo era conocido por mi trabajo en varias instituciones del gobierno departamental, durante más de 12 años y también por mi desempeño como médico; contesté su amable saludo y me dijo: desayune tranquilo doctor, tiene tiempo de sobra, pero no me recibió el pedido, se quitó el delantal y se fue; a los pocos minutos llegó un mesero desgarbado, flaco y alto como un poste de luz eléctrica y me atendió; pedí un copioso y abundante desayuno, ya estaba seguro que vendrían por mí, pero no tenía idea a qué horas regresaría, solo sentía que sí lo haría.

Pasaron unos 30 minutos, que me parecieron eternos, cuando llegó un hombre moreno, bajito, con la piel de la cara llena de cicatrices, al parecer producto de un acné mal tratado, o tal vez algunas dermatitis fuertes, que le dejaron en ella el aspecto de los cráteres de la luna; el sujeto me abordó y me dijo: venga conmigo, yo lo voy a guiar hasta salir del pueblo, después no se perderá. Pagué mi cuenta en el restaurante y el "guía" ya estaba esperando al lado de la puerta de mi campero; eso me pareció mejor, me sentía más seguro si yo iba en mi carro; me dirigió hasta un punto que tenía 3 vías que se podrían seguir. Llevábamos unos quince minutos de recorrido, cuando me dijo, pare aquí, le aclaro que yo no tengo nada que ver con lo que usted está haciendo por aquí; anoche alguien a quién no conozco, fue a mi casa y me dijo que tenía que ir al restaurante y guiarlo hasta aquí; de aquí en adelante va solo, como dos kilómetros arriba hay un doble camino, allí aparecerá alguien con una toalla envuelta en la mano, pare el carro y él se subirá para guiarlo. El hombre se despidió, que le vaya bien, me dijo; desde ese momento comencé a subir, y cuanto más subía, más me convencía que mi travesía anterior no fue al Cielo o que esto que era tan elevado sería el Cielo No 2.

Había subido alrededor de dos kilómetros, cuando apareció el de la toalla envuelta en el brazo y tal vez para sentirse importante, no saludó si no que dijo: "dele por ahí"; me dejó ver que lo que llevaba envuelto era una pistola, ya que movía su envuelto para que yo pudiera verla; él parecía sentirse protagonista de una película; pasaron unos 20 minutos más subiendo y me dijo: pare aquí, yo lo espero para el regreso, los compañeros están adelante, ya los verá. Les contaré cómo fue esa primera "reunión de negocios".

PRIMERA REUNION DE NEGOCIOS EN EL CIELO

Una vez que dejé mi vehículo, caminé por un sendero estrecho donde las matas de zarza con sus espinas, se sentían dueñas del camino y cobraban peaje con una que otra gota de sangre, ya que, por descuido al caminar, herían la piel de mis brazos. A pocos metros, vi a tres de ellos, vestidos de camuflado, con pañuelos a dos colores, rojo y negro, tapándose sus caras; a duras penas lograbas ver la órbita de sus ojos; ellos caminaban haciendo gala de sus cuerpos jóvenes, tratando que el golpe de sus botas en la tierra sonara, vano esfuerzo, la tierra estaba muy mojada y absorbía sus pasos; se me acercaron y saludaron con "venga con nosotros"; unos metros adelante, salieron de la maleza, más de 20 de sus compañeros, pero no caminaron con nosotros, era simplemente con el fin de demostrar su poder en las montañas.

Siga derecho, adelante lo esperan, dijo el mismo que había hablado antes y eso hice; debajo de un árbol muy grande, si mal no recuerdo, un Caracolí, estaba sentado quien me dio de entrada la impresión de ser el "encargado"; este se acercó, me dio su mano enguantada y me dijo, "sentémonos compañero, tenemos que hablar; yo soy el encargado de negociar con usted, por cierto, yo a usted lo conozco y lo respeto".

Eso me hizo pensar que podría haber sido mi paciente, o bien alguno de los sindicalistas con los que anteriormente habría tenido que tratar, o alguien que en alguna de tantas ocasiones hubiese asistido a alguna reunión de las que me correspondía hacer o también podría tratarse de alguien que hubiese asistido a las entregas de elementos que comúnmente se hacían en pueblos o veredas de la región, en fin, eran muchas las hipótesis al respecto; él dijo que me conocía y eso debía ser cierto, no solo porque lo hubiera dicho, sino porque en ese clima no era necesario usar guantes en las manos, es más si tuviera que usar el armamento que tenía consigo y que le hacía parecer un "Rambo", sus guantes hubieran sido un estorbo, luego, ocultaba alguna cicatriz o rasgo que podría hacer que le reconociera, además usaba un pasamontañas verde oscuro y en las órbitas se había colocado algo que se las convertía en una línea abierta por donde me veía, pero yo no podía ver prácticamente nada de sus ojos.

Por mi cabeza, pasaban todos los consejos que mis amigos italianos me habían dado días atrás; debía hacerles sentir que el secuestrado no me interesaba más allá de cumplir la encomienda de negociarlo, difícil tarea, que se hizo prácticamente imposible al decirme que me conocía, eso me dificultaría algo más las cosas; él no me las facilitó.

Me agarré de sus palabras y le dije, "creo que, si me conoce, por eso no está medio descubierto como sus compañeros, pero no me respeta, sino, no hubiera secuestrado a mi pariente. Uno o dos minutos de silencio que rompió el negociador, cuando me dijo: "si lo conozco doctor y lo respeto, yo no lo secuestré, fue la organización, yo solo soy el encargado de negociar con usted. Para que no perdamos tiempo, le digo que la organización conoce muy bien a los que nos entregan para que los negociemos; su pariente tiene tales y tales propiedades en ganado, otros de sus parientes pueden ayudarlo a pagar, para salir de estos montes y también tiene un pariente en el exterior que le puede ayudar".

Yo lo escuchaba y pensaba, tienen un libreto y de él no se van a salir, y como confirmación me soltó: "de la familia, y de usted depende que él regrese o que se muera en estos montes". Él se sabía por completo su libreto y ya me lo había soltado todo; solo le faltaba, trasladar la responsabilidad sobre la vida del secuestrado a la familia de la víctima, aunque ellos, no eran responsables de nada. Acabo de respirar profundo, con los solos recuerdos, no sé si ese día lo hice o no, probablemente sí, para tratar de digerir todo; continuemos pensando en las palabras del negociador; lo que yo dijera, sería importante de aquí en adelante, yo lo sabía y él también; nos estábamos "midiendo el aceite", nos catalogamos.

El miraba o eso deduzco, porque movía la cabeza hacia una bolsa de una droguería muy conocida que yo llevaba y había puesto a mi lado, yo la tenía reservada para el final del encuentro; yo tenía que ganarme el dramatismo que él le fuera a poner al final de esta cita; aclaremos algo, le dije, si él se muere, es responsabilidad de ustedes, nosotros no lo secuestramos; me hubiera gustado ver sus ojos para tratar por lo menos de saber, cómo recibía lo que yo le decía, tal vez me hubiera sido útil, pero los tenía muy cubiertos; eso me convenció que efectivamente yo lo conocía y tenía temor a que lo reconociera; también yo lo temía, porque si lo reconocía, no saldría vivo de allí.

Tomó la palabra y se fue con todo: "lo que necesitan para que el salga de aquí son (una gran cantidad) de millones en efectivo, cuya cifra prefiero omitir; aparte de eso, necesitamos unos elementos que también deben entregarnos el día de la entrega: medicamentos inyectables, una computadora, me aclaró, era para su uso personal y la quería de tal marca y tal capacidad, y tal clase de procesador, 4 radioteléfonos de buena marca que solo se conseguían en Bogotá".

Me dijo que anotará unas claves que consistían en nombres de ciudades, pero que correspondían a veredas de determinados municipios; anoté todo y mientras lo hacía pensé: "esto apenas comienza"; me dio 5 sitios, lo cual me indicaba la negociación iba a ser larga; nuevo silencio que yo debía romper, pero sabía que no debía afanarme o ya iría perdiendo, no tardé mucho en hablar, fueron tan solo de tres a cinco minutos, que me parecieron eternos.

Comencé diciendo, "ambos sabemos que queremos llegar a un acuerdo, pero esa cifra es un imposible, él no tiene esa cantidad, aunque venda hasta su última res, no le alcanzaría y aunque todos queremos ayudar a que salga, hay dos cosas que quiero que tengan claras: una es que no compramos un cadáver, como sé que ha sucedido con muchos secuestrados, cuyas familias han pagado, y no se los han entregado, porque piden más y se les han muerto y negocian el cadáver; no nos interesa muerto, la condición es vivo y cuerdo, si está loco tampoco nos sirve; me interrumpió y dijo: "nuestra organización cumple lo que pacta; eso sucede con los secuestrados de otros grupos, con nosotros no". Agarré la bolsa de medicamentos y le dije: "mira en esta bolsa están los medicamentos que él toma; traje para un año, le dije, así tenían tiempo para entender que esa cantidad de dinero es imposible; cuando puedan bajar esa cifra a mucho menos de la mitad, me llamas".

Estaba haciendo lo que tenía que hacer y lo supe cuando me dijo: "usted es médico y sabe que su presión o su diabetes lo pueden matar, el responsable será usted, señalando la bolsa que había llevado me dijo, con esa cantidad de medicamentos, ¿qué cree, que lo vamos a dejar viviendo con nosotros?" Le contesté: "eso depende de ustedes, razonen la cifra y me llaman cuando estén dispuestos a negociar, esta cantidad es imposible. Me levanté para regresar y me dijo en voz alta: "si se muere es culpa suya". Yo me mordía la lengua para no decir nada más, de esa forma era yo el que me retiraba y eso me hacía sentir que me llamaría pronto y que bajaran sus exigencias; llegué hasta mi vehículo, él estaba esperando; partimos del sitio y regresamos al punto en donde él se quedaba; de ahí en adelante hasta llegar a mi casa, a unas tres horas de carretera, no hice más que pensar en la forma como le había hablado, ¿qué le diría a la esposa e hijos?, y tenía cierto temor que decidieran atentar contra mí en el trayecto de regreso.

En cuanto tuve señal, pude avisar a mi esposa que estaba bien y de vuelta. Y de nuevo a esperar; lo único positivo es que, sabía que el secuestrado estaba bien y que ahora tenía medicinas; intuía que me llamarían pronto, que cuando contestara me diría "padrino y el nombre de una ciudad" y yo debía buscar a qué punto correspondía y asistir a la cita.

Con miles de pensamientos llegué a casa; fueron unos días muy angustiosos para mi familia entera. Al día siguiente en la tarde sonó mi celular y alguien dijo mi nombre en diminutivo, como es costumbre en algunos pueblos, atropelladamente me dijo: "sé que estás subiendo a las montañas; esos mismos tienen a mi esposo, ¿me llevas por favor?, mira estoy autorizada, me dijeron que podía subir contigo; por favor, llévame contigo cuando te llamen".

Nos conocíamos desde niños y solo pude decirle que sí, pero le comenté que no iríamos solos, que alguien más iba a ir conmigo, que yo no volvería solo, que un pariente me había llamado la atención por subir solo, la verdad en esa ocasión lo hice, porque la primera vez, la persona a quien le pedí que me acompañara, se negó; sin embargo quién me acompañaría en la próxima subida ya me había dicho: "estoy listo para cuando me necesite, nos encontramos donde usted diga"; eso me tranquilizó, ya no subiría más solo, así que a la señora amiga, que tenía su esposo secuestrado por el mismo grupo le dije que debía venirse a la ciudad donde yo residía, porque ellos podían llamar en cualquier momento, y así lo hizo; todos los días esperábamos que me llamaran y claro que lo hicieron.

MIENTRAS ESPERABA LLAMADA

En nuestra Colombia, estaban tan mal las cosas, que quienes sufrían el flagelo de un secuestro, se veían supeditados a esperar la "buena voluntad" de los secuestradores, o un milagro o algo que para la gente común no existía, un rescate por las fuerzas del orden. Las guerrillas, como románticamente bautizaron a esos criminales, vivían de todo tipo de actuaciones ilegales, cómo dije antes; desdichadamente más adelante se demostró que los criminales tenían cómplices en muchas esferas de la sociedad, que se lucran con ellos; se les llamó testaferros, pero también se descubrieron "autoridades de todo tipo", cómplices, tan criminales como ellos.

Era un panorama peor aún del que les estoy dibujando; un improvisado presidente de la República de Colombia, Cesar Gaviria Trujillo, contra algo que para él siempre fue ajeno, el sentido común, nos endilga la LEY 40 DE 1993, más precisamente de Enero 19/1993, ley que él mismo hubiera violado, de no ser declarada inexequible en sus nueve artículos como lo hizo la Corte Constitucional; basta recordar que su hermano fue secuestrado en 1996, cuando este presidente, autor de la Ley Anti secuestro era director de la OEA y liberado en forma tal que siempre se ha sospechado que hubo un fuerte pago para que ello sucediera; para mí, el que hubieran pagado para liberarlo, no era extraño, porque el "negociador" del que les he venido narrando, en una de las oportunidades en que nos reunimos me dijo: "ningún secuestrado, sale sin pagar, aún aquellos que consiguen mediadores como los que usted ya ha oído hablar de Cuba, de la Iglesia o de los que sea; esos solo consiguen a veces una rebaja, porque esto, tiene gastos grandes en cada caso y siempre alguien tiene que pagarlos".

No es un secreto, existían "mediadores" que se ofrecían y quienes tenían la forma los buscaban; ¿quiénes eran?, había de todo como en las boticas; desde grandes literatos, humoristas, uno que otro obispo, algunos curas de esos de pueblos que parecen abandonados de la mano de Dios y que de una u otra forma están muy relacionados con la guerrilla. Algunos conocidos, me decían con razón o sin ella, que buscara al premio nobel de literatura, que él podía contactar con ellos o con los Castro; no puedo decir si eso hubiera resultado o no, porque no lo hice.

Asesores o intermediarios, como ya dije, había de todo tipo, pero capítulo aparte merecen los "avivatos", una nueva clase de estafadores, nacidos como efecto colateral de los secuestros, que se te ofrecían diciendo que solo ellos podían resolverlo porque "tenían a alguien muy cercano e influyente entre el grupo de guerrilleros que tenía al secuestrado"; de esos tuve que sacudirme varios, algunos averiguaban tan poco antes de ir a ofrecerse, que se equivocaban al decir que grupo tenía la víctima del secuestro; otros comenzaban por decir: ¡con cinco millones yo lo llevo a donde el que tiene la llave para liberarlo!.

Entre llamada y llamada pasaban muchas cosas; fue un proceso de seis largos meses, en los que el sueño era irregular, en los que no se podía dejar de pensar cómo estaría él en esas montañas, qué comería, si le darían las medicinas; noches enteras temiendo que él no se fuera a caer de noche en un barranco, que no se deprimiera y en fin tantas cosas que se sumaban siempre a la pregunta; ¿lo estoy haciendo bien?, ¿qué puedo hacer para que llamen pronto y se acabe esto?

Me mantengo en lo que he dicho a todo el que me pregunta, "jamás volveré a hacer este papel", menos ahora que, ya los años no me permiten nada de lo hecho, por eso creo firmemente que "los caminos recorridos, no se pueden desandar" y lo demostraré algún día.

YO NO BAUTICÉ A LAS SUCURSALES DEL INFIERNO COMO EL CIELO

Los malos no van al Cielo; lo sabemos desde niños, por lo tanto, los secuestradores ni de paso podrían ir al Cielo; lo llamé así porque como lo dije al inicio de esta narración, recordarán que fue un soldado el que me dijo:

"Siga Subiendo, más arriba están, pregunte en el Cielo"; pues, eso hice: llegué a esa vereda que estaba casi tan alta como el cielo, aún sin estar de acuerdo con su nombre, porque por ahí pasaban las víctimas de esos secuestros, quienes vivían un verdadero infierno. Por allí, por el sitio irónicamente llamado El Cielo, pasaron muchos secuestrados y, sobre todo, pasaban los demonios que los secuestraban; en aquella mesa de 16 a 20 puestos, aquella anciana de piel color tierra, muchas veces le servía las comidas a esos demonios y tal vez se sentaba a comer con ellos.

Sonó mi celular, el número era desconocido y distinto como las otras veces que él llamaba, no había duda, era uno de los diablos porque enseguida me dijo: "Padrino, tenemos que vernos, tenemos que cerrar el negocio; nos vemos mañana en Santa Marta, temprano, en uno de los restaurantes de la entrada, yo me guiaré por su vehículo y nos sentamos a negociar". Marqué a mi compañero de viaje, ya no iría más solo. Mi compañero era alguien muy conocido, muy querido en la familia, que lastimosamente falleció años más tarde en un absurdo accidente. Era de los buenos de verdad, no de los que volvemos buenos después de muertos; su respuesta fue: "Listo, nos vemos, ¿dónde y a qué hora?". Así era él, dispuesto siempre a ayudar. Personas así no deberían morir tan temprano, pero la vida tiene misterios que nunca desciframos. Le dije el sitio y hora para recogerlo muy temprano, el día siguiente.

Nos saludamos y él, enseguida, me dijo: "¿Para dónde vamos? ¿Quiere que conduzca yo?, si yo no pude dormir bien, me imagino cómo lo pasaría usted. Nos conocíamos desde hace años, trabajaba con mi familia, pero contrario a quien trabajaba con el secuestrado, que se negó a acompañarme, Luis se ofreció a ir conmigo: "Todo el tiempo que fuera necesario y para donde fuera".

Siempre que veía a Luis a mi lado, en esas correrías, me decía: "Pensar que el grandulón tuvo miedo de acompañarlo"; Lo dicho, la vida tiene misterios y no es "color de rosa". Le conté a Luis que no era solo de noche, que las 24 horas del día, me la pasaba pensando en que "todo iba muy lento, en si yo lo estaría haciendo bien. Él está vivo, sabe montar muy bien a caballo, le llevé suficientes medicamentos en aquel encuentro anterior con los captores, pero alguien me dijo que a veces ellos se los roban para su gente; tantas cosas vienen a la mente, que con los solos pensamientos que pasaban día y noche por mi cabeza, podría escribir un libro de terror y suspenso; no podía creerle al "negociador", y todo se convertía en un enigma hasta la próxima reunión; solo la liberación traería de nuevo la tranquilidad.

Íbamos andando a buen ritmo, conducía yo, siempre me gusta hacerlo, desde que tuve un terrible accidente varios años atrás; desde entonces, no dejaba conducir a los conductores que me correspondían por mis cargos; era mejor que me acompañaran a que condujeran; seguro lo harían mejor que yo, pero solo me siento seguro cuando yo lo hago. Llevábamos solo unos 20 minutos de carretera, tal vez menos, solo habíamos pasado por Valencia de Jesús, una población pequeña con una Iglesia colonial que fue construida en 1590; si buscan la historia de La Nueva Valencia de Jesús, conocerán muchas cosas interesantes, porque en la Colonia fue un centro importante por su ubicación o más bien reubicación luego de que fuera construida originalmente en las estribaciones de la Sierra Nevada, y asediada con mucha frecuencia, por eso la trasladaron más abajo y la llamaron La Nueva Valencia de Jesús. Ya habíamos pasado por ese pueblo colonial cuando sonó mi celular: "Padrino, ¿ya está en carreteras, por dónde viene?"; respondí: Estoy en la vía, muy lejos aún; nunca les precisaba por donde iba cuando me llamaban. No podía esperar nada bueno de ellos; acto seguido me dijo: "Devuélvase, padrino, la zona por donde usted viene está llena de "perros"; andan como locos por todas partes, buscando a la señora esa que pillamos, la de la familia esa importante de allá, es imposible reunirnos, ya lo llamaré, padrino, cuando esto se calme y podamos movernos, regrésese".

La nueva víctima de esos bandidos era una persona amiga, muy amiga desde mi año de servicio social obligatorio, que todos los médicos hacemos para poder ejercer en Colombia; su tío había sido senador, ministro y en el momento del secuestro, su primo era congresista; además tenía varios parientes en cargos muy importantes a nivel nacional; ella ejercía como asesora de paz del Departamento y era sobrina de la exministra de Cultura quien fue secuestrada y asesinada por otro grupo guerrillero autodenominado FARC; yo la conocía bien y sabía que ella les daría "guerra"; además las FARC no aguantarían la doble presión militar y política que este secuestro trajo; ellos, habían asesinado a su tía, una persona muy querida en nuestro departamento, reconocida nacionalmente y terminaría saliendo libre, como gracias a Dios sucedió.

Yo me mantenía muy pendiente de la liberación de mi amiga, no solo por ella, sino también para que se reanudaran mis encuentros con los bandidos y se pudiera resolver nuestro secuestro; transcurría el mes de noviembre de 2001, abundan rumores de todo tipo como pasa siempre, algunos decían que pedían millones en dólares, por ella, otros que era un secuestro político; la verdad, solo la saben las partes involucradas, la víctima y sus secuestradores; ella fue secuestrada en la primera quincena de noviembre y, si mal no recuerdo, liberada por el frente 41 de las FARC el 30 del mismo mes; algo me hace pensar que el secuestro fue más de carácter político que económico. Me alegró su liberación, siempre he tenido gran aprecio por ella, además —y debo ser sincero— su liberación me hacía, "volver a esperar la llamada", la que en efecto se produjo pocos días después, cuando el ejército salió de la zona y volvió a sus batallones.

El departamento del Cesar, en los años anteriores a 2002, parecía ser la caja o más bien la chequera de esos bandoleros; estábamos invadidos por todos los grupos, pero primordialmente las FARC y el ELN tenían azotada la región y mantenían infiltrados en muchas partes e informantes a todo nivel; los gobiernos de entonces, temerosos, apáticos o tal vez cómplices, no querían enfrentarlos. Eso condujo a la más grande inseguridad que vivimos por esa época. Lastimosamente, el Acuerdo de Paz negociado entre el gobierno Santos y las FARC, años más tarde, fortaleció a esos grupos que ya se encontraban bastante diezmados por la incansable labor que desarrolló el presidente Álvaro Uribe Vélez durante sus dos gobiernos. Dicho acuerdo nos retrocedió de nuevo.

EL AHIJADO QUE NUNCA QUISE TENER

En nuestro pueblo, a mis padres, les pedían con frecuencia que fueran padrinos de bautizo, confirmación o boda, nunca decían que no; en ocasiones, uno de nosotros, sus hijos, lo hacíamos por ellos; sin embargo, tuve por un tiempo un "ahijado" que ni yo, ni nadie hubiera querido tener; se trataba del "negociador", puesto por el grupo que secuestró a mi pariente, del cual era yo el encargado por su esposa e hijos de gestionar su liberación; ese sujeto en una de sus primeras llamadas me dijo: "de ahora en adelante sabrá que yo lo llamo porque de entrada le diré padrino"; yo no tenía forma de rechazar a ese ahijado; ¿pero, alguien querría tenerlo?, "Padrino, lo espero mañana temprano en Cartagena, coloque su carro visible y en uno de los restaurantes que hay antes de entrar en la ciudad del lado derecho, ahí nos vemos", el ruido de teléfono colgado siguió sonando en mis oídos; ya me habían dado las "órdenes" a seguir; él no esperaba aprobación, solo mandaba, tenía el poder, tenía "el producto", y yo la necesidad.

Esta vez iríamos tres personas: Luis, mi acompañante de siempre, y Micaela, a quien le habían secuestrado su esposo, así que iríamos a "Cartagena", a negociar "dos productos". Llamé a Luis y a Micaela; pasé a buscarlos y cuando estábamos juntos, Luis se ofreció a conducir, lo que él ya sabía que yo rechazaba, pero sentía la necesidad de ofrecerlo; Micaela intervino a su favor, pero no cedí. Micaela era algo mayor que yo, se notaba muy nerviosa, me contó que le habían narrado que los secuestradores trataban muy mal a su esposo, que muchos del pueblo se lo habían dicho, lo cual le hacía pensar que ellos tenían gente trabajando e informando en muchas fincas; le dije que eso estaba claro, no solo en las fincas, sino también en casas de familia y en instituciones como el Ejército y la Policía; esta última aseveración mía se vio confirmada años después.

Les expliqué hacia dónde nos trasladábamos, dado que Micaela expresó que íbamos en vía contraria a Cartagena; Luis sabía que los nombres de ciudades eran solo un despiste, una clave. Cuando terminé mi explicación, ella nos dijo: "no es nada raro, todo el mundo sabe que esos municipios del Centro hacia el Sur, lo tienen plagados y en ellos las autoridades les obedecen porque, o son de ellos o los amenazan de muerte, y como han matado tantos, les toca hacer lo que les digan", y es que los gobiernos departamental y nacional parece que vivieran en otro mundo, o no les interesara combatirlos, o podrían estar "untados" muchos de ellos, pues hay mucho dinero. Guardamos silencio, sabíamos que era así tal como Micaela lo había dicho, más que nada para desahogarse.

Después de esquivar cientos de baches, huecos, remiendos y cráteres de la carretera principal, la que nos une con el interior del país, la que desde niños escuchamos decir que será de doble calzada y que aún por el año 2001 le faltan muchos kilómetros por ser ampliados; llegamos a un pueblo que para la narración llamaré Sanserá; allí, con obediencia, cumplí la indicación, dejé el vehículo a la vista, tan cerca de la carretera, que podía ser visible para un ciego; se veía por lo menos a doscientos metros antes de llegar a él; caminamos al kiosco, y nos sentamos en una de las mesas de pasta, color café, quitamos la cuarta silla, por si a alguien que se acercara a saludar y se le ocurriera sentarse, pero fue inútil quitar la silla; a los pocos minutos se acercó Manuel, un viejo conocido que me había ayudado en algunas ocasiones en la política, quien antes de llegar a nuestra mesa tomó la silla de otra, saludó alegremente e inició conversación con nosotros; aunque todos hacíamos fuerza por que se fuera pronto, él parecía no entender o nosotros no le hacíamos ver claramente que queríamos estar solos; al fin unos 15 o 20 minutos más tarde se fue y respiramos con mayor tranquilidad.

Estaba incómodo, Manuel no solo me apoyaba en las campañas; entre nosotros ya había bastante confianza, yo más de una vez había ido a su parcela, que estaba a menos de 500 metros del kiosco donde hablábamos, sabía que él me reprocharía después el trato recibido, pero era imposible decirle por qué estaba allí, por qué no me había acercado a la parcela, sin embargo, su queja principal iba a ser por no haber solicitado su ayuda, pero en esto no era conveniente mucha gente. Cuando todo se resolviera, le explicaría y todo volverá a ser normal.

Un hombre ubicado en una mesa vecina, quien llevaba un rato mirándonos mucho, pero no nos hablaba, lo cual nos hizo dudar si sería o no nuestro enlace o guía, terminó su desayuno, se nos acercó y me dijo: "mucha gente con usted, doctor; de la señora sabíamos, de él no, será mejor que se quede aquí o puede llegar hasta un punto donde yo le diga, pero desde ahí siguen solos".

Esa propuesta nos pareció mejor y nos fuimos los cuatro, como siempre, montaña hacia arriba; llevábamos un buen recorrido, cuando el guía ordenó: "Pare aquí, usted se queda aquí, nosotros seguimos, espere ahí en ese árbol, no le diga nada a nadie, si alguien pasa por aquí, solo diga que espera a su tío". Luis me miró y se bajó, caminó a la sombra de un matarratón gigante. Seguimos subiendo, nos encontramos con un grupo grande de unos 20 o 25 de ellos, armados, con sus pañuelos tapándose las caras y uno de ellos nos saludó con el típico "compañeros", se bajó y dijo: "Sigan unos metros y estacionen bajo el árbol grande y esperan allí".

Mientras esperábamos, Micaela me preguntó: "¿tú crees que iremos juntos?, me gustaría que me acompañaras". Sacó de un bolso grande dos carpetas de papel tamaño oficio y me comentó: "ellos creen que somos ricos, aquí traigo documentos para mostrarles que sobre todo lo que tenemos, hay deudas con bancos". No alcancé a responder, cuando se acercó un cara tapada, con un fusil colgando de su hombro derecho y sin saludar nos dijo: "Señora, usted va primero, y usted espere aquí". Ella y yo nos miramos, no dijimos nada y ella se fue con él camino hacia arriba; ya yo sabía que era siempre hacia arriba, por seguridad para ellos. Esperar en esas condiciones, un minuto se convierte en una hora; con la espera empecé a pensar en cosas nada agradables; yo temía por Micaela, sobre todo por ser hermana de un militar retirado, aunque por momentos me tranquilizaba saber que, para ellos, nosotros solo éramos el medio para obtener dinero.

La vi acercarse, se veía temblorosa, muy asustada; al llegar me dijo: "creo que me van a dejar acá arriba, haz algo por favor". El del poder me dijo: "suba, derecho, ya lo verá más arriba". Cuando lo vi, supe que era el mismo, negociador por su atuendo camuflado, fuertemente armado cual Rambo; cuando llegué me tendió la mano, diciéndome, "siéntese, le va tocar bajar solo, la señora se queda con nosotros, ella vino a mostrarnos sus deudas bancarias, ya estaba advertida, nos creen pendejos, en este país los bancos no le prestan sino a los ricos, si debe tanto es porque tienen más de lo creíamos, además tienen tarjetas con cupo grande de crédito", y siguió unos minutos con ese tema de la riqueza de Micaela y de su esposo; yo guardaba silencio.

Recordaba la cara de Micaela, su angustia y me atreví a hablar; pensé que él no estaba seguro de su decisión, además, ¿por qué me la comentó?, me sentí con derecho a decirle: "Usted manda, pero usted sabe que en esa familia la única capaz de negociar y de reunirles el dinero es ella; usted sabe que en ella la gente cree y puede conseguir prestado; si se queda con ella aquí, el negocio de su esposo se les va a demorar mucho, si es que lo logran concretar; el teniente ni loco va a venir a negociar, yo creo que mejor es que baje conmigo, ella está muy asustada y ya sabe cómo es la cosa".

Me dijo bruscamente: "hablemos de lo suyo, ¿están listos?, con lo de la señora esa, se llenaron estas montañas de perros y de helicópteros, por eso lo hice regresar". Yo siempre compraba los medicamentos para la hipertensión y la diabetes de mi pariente, estaban listos en la guantera del carro, para llevarlos cuando me llamaran, ese día no era la excepción, le tendí la bolsa y le dije: "son más medicamentos porque esa cifra es imposible para nosotros, queremos tenerlo con nosotros, pero que no se suicide después al verse pidiendo limosna, no nos lo perdonaría nunca; ustedes lo conocen, es una persona honesta, que siempre trata bien a todo el mundo, que lo quieren en el pueblo; haga algo, baje duro esa cifra para nosotros empezar a vender y hacer préstamos". Duró "un siglo" en silencio, cuando por fin habló: "Vea, ustedes pueden; él está muy enfermo, lo van a dejar morir en la montaña, yo no coloco las cifras, eso lo hace la organización, después de hacer inteligencia a cada uno, yo no puedo bajar sino un mínimo", y me soltó una cantidad; yo me limité a pararme y decirle: No podemos; si usted no puede bajar de esa cifra, entonces hable con la organización, dígales que muerto no lo negociamos y que no podemos, aunque le repito: sí queremos que regrese con la familia.

Volvió ese silencio incómodo que parecía eterno y me dijo: "entonces, ¿se va?, ¿lo va a dejar morir?, la culpa es suya; miró al horizonte, o eso supongo por el movimiento de la cabeza, porque su pasamontaña, casi no me dejaba ver sus ojos; además esto acá está peligroso y en un enfrentamiento lo pueden matar; bueno, váyase, pero no creo que lo llamemos más, de paso llévese la vieja esa, dígale que la llamaremos pronto".

Cuando bajé, pensaba: me va a llamar pronto; Micaela se salvó, sin embargo, la duda entró enseguida en mi cabeza: ¿y si no me llama? ¿Y si cumple con lo que dijo?, pero, ¿de qué les sirve tenerlo secuestrado si no consiguen dinero por él? Seguro me llama, continué pensando, pues de verdad yo tenía claro hasta dónde podía llegar y ellos estaban muy lejos con su requerimiento.

Llegué hasta mi vehículo, Micaela estaba aún con su cara llorosa y me preguntó visiblemente angustiada: ¿Me van a dejar?, ¿verdad?, le dije no, súbete, y creo que antes de subir yo, ya estaba sentada y emprendimos el regreso, solos, recogimos a Luis, y yo bajaba tan rápido que él dijo: "médico, nos vamos a matar, vamos bajando tenga cuidado, disminuya"; eso hice, creo que no me daba cuenta de la velocidad en que veníamos bajando, reduje mucho.

De nuevo, a esperar, Luis no quiso que entrara a la finca donde trabajaba porque me agarraría la noche en carretera, lo dejé a borde de carretera, a unos 80 metros de donde vivía, y seguimos, Micaela me daba las gracias, decía que no sabía qué hacer, y yo solo le pedía que se calmara, que después vería más fácil la solución.

MI CABEZA RODARÁ

Ese aparato rectangular que vibraba o timbraba, cada vez que lo hacía me llenaba de ansiedad, siempre esperaba oír la tenebrosa voz decirme: "Padrino". Era necesario porque así se iniciaba la posibilidad de que ese día se lograra terminar el "negocio" que ya llevábamos casi seis meses haciendo y que traería a la libertad a Camilo. Seis meses en que cada día surgían las mismas preguntas: ¿Cómo estará? ¿Le darán los medicamentos? ¿Qué le darán de comer? ¿Cuántos kilómetros caminará? y cientos más, que siempre terminaban con: ¿por qué no llaman?

Timbra mi celular, lo iba a contestar al primer sonido, pero recordé las indicaciones de unos amigos italianos que se resumían en: "no les muestres tanto el interés, que te mueve en sacarlo rápido o lo demorarán más. Ellos son crueles, sino no, negociarían con la vida de la gente". Pensé: Qué fácil era aconsejar, pero las dudas en tu cabeza presionaban para que respondieras, ¿cómo saber si son ellos o no, solo por presentimientos y si cuelgan y no llaman más por varios días? Algo me decía que eran ellos, ¿qué escucharía "Padrino?", y ya estaba escuchando el tercer timbre del celular; ¿Lo dejo sonar más o contesto? En fracciones de segundos me daba respuestas que se contradecían unas con otras. Se hizo un silencio aterrador y con la otra lluvia de preguntas: podían ser una llamada equivocada, podrían ser muchas cosas, pero, ¿y si eran ellos?, ¿y si no me llaman otra vez?

"Padrino, ¿dónde está metido? Necesitamos reunirnos, me autorizaron algo más barato por cabeza, nos vemos en Fundación mañana a las nueve". No sé por qué se me ocurrió pensar: si mi celular está "chuzado", intervenido, tanta clave no creo que sirva de nada, porque en un negocio normal de ganado, el vendedor no le da órdenes al comprador, y ese "nos vemos en Fundación, mañana a las nueve" no sonaba a solicitud, a pregunta sino a una orden; el tipo no podía disimular que "tenía la sartén por el mango", él mandaba; por eso, antes de que yo alcanzará a contestar, confirmando, el "ahijado" ya había colgado. Llamé a mi compañero de viaje y le dije: Me citaron para mañana, ¿tú puedes ir conmigo? Su respuesta, como era de esperar, fue positiva. Establecimos hora y lugar. Otra noche pensando cómo se darían las cosas al día siguiente. La pregunta más repetida era la de las noches anteriores a los últimos encuentros: ¿Será que esta vez llegamos a un acuerdo y lo resolvemos? Son las cinco de la mañana, el sonido parejo del motor de mi vehículo me indicó que ya estaba listo para arrancar; ya me había despedido de mi esposa e hijos; pensé: si me bajo y me vuelvo a despedir se puede poner más nerviosa; ella se quedaba rezando para que todo saliera bien, que no me pasara nada y que cada viaje fuera el último porque se lograra "negociar".

En el cruce de Bosconia estaba, puntual, Luis; nos saludamos y le dije: De nuevo para la serranía del Perijá. Él me contestó: "Médico, esa zona la dominan ellos, y los campesinos les colaboran a las buenas o a las malas, han matado a muchos, por eso les da miedo delatarlos. Ellos, por ahí, se sienten seguros; todo saldrá bien". Aún me parece oírlo. Y como ese día no sabía si lo decía para darme ánimo o creía que de verdad así iba a ser o se daba ánimos a él mismo. Llegamos a San Roque, una población pequeña dedicada en su mayoría al cultivo de plátanos, bananos de distintos tipos y de una variedad que llamamos Mafufo o Cuatro Filos, que es como un plátano más pequeño, muy apetecido para comerlo en tajadas fritas o para bastimento del típico sancocho costeño, plato que merece un tratado de los mejores escritores de la gastronomía colombiana.

Se repite la escena del guía, pero que esta vez, solo nos da indicaciones y termina con una frase contundente: "Una vez que comiencen en serio a subir, no se pierden, solo hay una trocha, tengan cuidado, llovió mucho anoche y es barro resbaloso". Llevábamos una hora subiendo, la trocha era estrecha, como nos la describió el guía que no quiso subir a guiarnos. Solo cabía un vehículo. Sentía que no podía detenerme porque podía resbalar al volver a arrancar y era peligroso; Como siempre, Luis se había ofrecido a conducir y mi respuesta también fue la misma: yo iba al volante.

Pasando una curva, Luis rompió el silencio: Hasta aquí llegamos médico, por debajo de ese árbol no pasamos, mírelo bien, está medio sostenido en esas ramas, si lo toca nos aplasta. Un gigante árbol había caído por las lluvias y estaba suspendido por sus ramas más gruesas, lo complicado es que la trocha pasaba por debajo de él; Luis decía que el campero no cabía en el espacio entre el tronco y el suelo, yo decía que cabía y tuve la razón.

Después de unos minutos de discusión sobre si pasábamos o no bajo el árbol, Luis se bajó, con sus manos arrancó toda la hierba que pudo y se colocó al frente del árbol y comenzó a dirigirme: "pare, dele un tris a la derecha, frene, dele a la izquierda, suave médico, que ya vamos pasando"; se subió y me dijo: "si no conseguimos una pala para cavar un poco, mejor de regreso lo dejamos y bajamos caminando y yo traigo pala y gente que ayude; trate de no demorarse. Si nos toca caminar, serán varias horas a la carretera troncal".

Como siempre, nos dijeron: "Usted se queda aquí, usted siga y coloque el campero debajo de aquel árbol". Eso hice. Luis sabía que tenía que conseguir que le prestaran una pala o un azadón, algo para cavar tierra. "Buenos días, compañero", fue el saludo del negociado. Respondí y me dijo de entrada: "Estoy autorizado a tanto", y me soltó una cifra aún muy inalcanzable para nosotros; Pero algo era diferente: no nos habíamos sentado en el suelo sobre algunas ramas como siempre, estábamos de pie, y muy cercano a él había otros 4 guerrilleros, eso nunca había sido así, me extrañó y pensé que algo iba a pasar; el negociador y todo lo demás se veía diferente.

No podía aceptar sus cifras, por lo que le dije: "Eso sigue siendo imposible. Yo creía que estabas dispuesto a llegar a algo hoy". No podía ver sus ojos, nunca descuidó eso ni los guantes en sus manos;

guardó silencio y después dijo: "La organización me ordenó subirlo, si no llegamos a un acuerdo"; Yo le dije: "Eso es imposible", él estaba listo para mi respuesta porque de inmediato me soltó: "Conocemos el problema de su pierna, por eso los compañeros trajeron la hamaca para subirlo en ella". Fueron tan atropelladas mis ideas que solo logré decirle en forma acelerada: "Usted tiene un gran problema y es que yo no voy a subir en esa hamaca, dígale a su organización, para eso es la radio, que yo no subo, que solo subo si mi pariente baja y lo veo pasar. No hay más opciones o él baja y yo subo y negociamos o me mata aquí". Cuando echó mano a su machete, solo pude pensar: "Me corta la cabeza, la cabeza se cae y rueda, el tronco se me pone caliente y muero". Siempre que recuerdo ese momento, me pregunto: ¿Por qué no pensé otra cosa?, ¿por qué sentí ese calor en el cuerpo? Pasó el machete por encima de mi cabeza, cortó unas ramas delgadas, las juntó con los pies y dijo: "Siéntese, vamos a ver si llegamos a algo". Yo solo pude pensar: "perdiste" y un calificativo de esos bien fuertes.

Por dentro, yo temblaba, aún tenía esa sensación de calor en todo mi tronco y me parecía como si me hubiera cortado la cabeza. Dijo una cifra que era algo menos de la tercera parte de lo que hasta ese momento me había pedido, y yo acelerado, acoté: "¡Está bien!". Me preguntó: "¿Cuántos días necesitan para entregar todo?". Nosotros veníamos haciendo contactos para conseguir una cifra similar, pero había que seguir vendiendo ganado, así que le dije 7 días y me respondió: "No es posible, él dura por lo menos 11—13 días caminando para bajar hasta el sitio de entrega; sobre esa fecha lo llamo y le digo donde recibiremos lo nuestro y donde deben ir a recibirlo." Le dije: yo creía que era en el mismo sitio y contestó que no, que ellos organizaban "el cómo".

Luis, con una pala y varios de ellos me esperaban, llegamos al transporte, cavaron una zanja al frente y atrás de las llantas, así logramos pasamos de nuevo por debajo del árbol y regresamos sin problemas; Tenía que ir al pueblo a informar y devolverme, aunque fuera de noche a mi casa. Luis retornó conmigo y solo en Bosconia a una hora de donde yo vivía, aceptó volver; él será para mí alguien que no olvidaré, siempre dispuesto se despedía igual: "Solo llámeme, médico".

CUIDADO, UN HELICÓPTERO

"¡Cuidado, un helicóptero!", gritó uno de los secuestradores. Verlos huir, asustados como cualquier presa de caza menor al verse sorprendidos, fue uno de los momentos agradables de toda esa tragedia del secuestro. Otro, consistió cuando el criminal tomó su radio y dijo: "¡Todo en orden, procedan!". ¿Cómo llegamos a ese momento?

En el anterior encuentro habíamos acordado la cifra que costaba rescatar al secuestrado, y yo había informado a quiénes deberían saberlo; teníamos claro que, vendiendo el ganado, no se llegaría a tanto dinero, porque además ya era conocido que "se tenía que vender de afán y lo pagarían mal, por debajo del precio real"; siempre se aprovecha el ser humano de la desgracia de sus congéneres.

Mil peripecias, para conseguir el dinero; pedir prestado en el banco del pueblo no funcionaría porque o no tenían la cantidad o el proceso iba a ser muy demorado y, además, seria "público"; los empleados no se contendrían y se sabría en toda la región, así que uno de los parientes más cercanos propuso una ciudad y una institución financiera que fuera más rápida y en la que él serviría como fiador; mientras uno de los hijos de la víctima de secuestro seguía vendiendo su ganado, al precio que le pagaran los aprovechados.

Viajé a la "ciudad Caramelo", nombre que se me ocurre ahora para bautizar la ciudad donde tenía que recoger todo el dinero, "encaletarlo" como dirían los bandidos que perpetraron el secuestro y qué esperaban "los caramelos", es decir, los cientos de millones de pesos que, según ellos, "valía el secuestrado"; reunir el dinero, ocultar todos los paquetes en el campero y trasladarse acompañado por uno de nuestros parientes hasta la ciudad donde yo esperaría que fuera la última llamada del "ahijado" y acordar lugares y horas; esta vez serían dos lugares, uno para la entrega de los "caramelos" y otro para la entrega del "encargo", es decir el secuestrado.

Saliendo de la ciudad Caramelo, nos cayó una de esas lluvias torrenciales, típicas del trópico, muy fuertes que nosotros llamamos por la cantidad de agua que descarga; todo un señor "aguacero", que inundó partes de la ciudad y nos puso la vida y los caramelos en peligro, en un fuerte arroyo que se formó; una vez que estábamos al otro lado del arroyo y como el agua logró entrar al campero, viajamos con la duda de si algunos caramelos se habrían mojado; lo importante fue que logramos superar todos los inconvenientes.

Les contaré algunos detalles más que se tejen siempre alrededor y dentro de un proceso de esta naturaleza; quiero hacerlo porque, pienso que la historia de Colombia, en manos de un cura izquierdista como De Roux, nunca contará la verdad y amañarán este tipo de cosas, para hacer ver menos mal a aquellos bandidos y criminales. Este tipo de relatos del sufrimiento de una familia que cayó en las garras de esos bandidos, hoy día considerados por la traición a la patria del expresidente Juan Manuel Santos y sus cómplices, como "padres de la patria", también son "memoria histórica".

El peor error en este negocio para liberar a nuestro secuestrado, que gracias a Dios, salió bien; pero fue a mi juicio un gran error: cuando le conté a la familia que teníamos todo listo, que alguien tenía que ir a donde me avisaran a recibir el secuestrado, uno de los nuestros dijo que lo haría él; los hijos del secuestrado eran aún estudiantes, no tenían experiencia de vida suficiente para dejarlos exponerse y no había discusión posible; quien se ofreció, tenía todo el derecho en ese pequeño núcleo, todos teníamos que hacer lo necesario, pero después de concluirlo todo, reconozco que fue un error aunque al final las cosas salieron bien. El error consistió en que, en un determinado momento, el de la solución, tres parientes muy cercanos estábamos en manos de los secuestradores: el secuestrado, quien lo recibía y yo, quien pagaba el secuestro; nos expusimos todos al mismo tiempo, pero las circunstancias nos obligaron.

El sufrimiento de un secuestro es indescriptible para quienes lo padecen, engloba al secuestrado, a su familia, en mayor o menor medida a sus "más cercanos", y ese sufrimiento es algo muy íntimo, muy privado y por eso mismo muy difícil de narrar; siempre que pienso en ello, trato inútilmente de imaginar por todo lo que pasaron el secuestrado, su esposa e hijos, sus hermanos y demás familiares cercanos y, por supuesto, mi esposa.

Varios días en la ciudad, con mi campero cargado, "encaletado" con cientos de millones, cada segundo pensaba, ¿qué era mejor?, dejarlo en el estacionamiento de la casa o andar con la carga en él, como si no cargara nada; me decidí por lo último. Lo llevaba al trabajo y lo dejaba en la puerta, pensaba que, si no lo utilizaba, los ladrones entenderían que el dinero estaba en el vehículo e irían por él a mi casa; si lo dejaba "como si nada", en la calle durante el día, si no cambiaba mis costumbres, no sospecharían que estuviese "encaletado" y de nuevo, gracias a Dios así fue.

La idea era despistar a los ladrones comunes, a los criminales organizados y hasta a los mismos secuestradores, por lo que "jamás cumplía a pie juntillas", lo que podía variar eran los tiempos y eso hacía.

El día de los "intercambios" había llegado. Ese día merece ser descrito con más precisión; "ahijado, nos vemos mañana en Cartagena, a las nueve; deje el carro donde se vea"; de inmediato, llamé a mi compañero y al que debía recibir al secuestrado. Con uno me cité en Bosconia a las siete y media, al otro le dije: espera en Curumaní, en la casa de Pilonita, llévate un buen campero y tanqueado a full; sabía que esas indicaciones estaban de más, era cuestión de "nervios", él, que iba a recibir, estaba seguramente tan nervioso o más que yo mismo.

Pasé por Luis, quien inmediatamente después del saludo me dijo, ¿se siente bien, me deja manejar, será que hoy me dejan llegar con usted hasta donde sea que vamos a entregar?, le respondí que todo estaba bien, que yo conduciría, que no tenía idea si lo dejarían subir, si contarían el dinero, eso con ellos es imposible de saber, y finalicé diciéndole "tranquilo todo saldrá bien" y nos dirigimos al sitio acordado, donde tenía que colocar mi campero a la vista de todos. Mil cosas que nos pasaban por la cabeza, permitirían un tratado de psicología, no es este el momento para narrarlo; al poco tiempo de estar en el punto indicado, llegó un "colaborador" y nos dijo la ruta, se dirigió a Luis: Usted se queda en ese punto y mostró en un mapa, trazado con lápiz un sitio donde tenía tres cruces marcadas, que según su dibujo o mapa eran tres casas; a mí me dijo: usted siga por la trocha de la izquierda y suba, hasta que lo paren dos de ellos.

Nada más que decir, solo obedecer; subimos hasta las tres casas y tuvimos Luis y yo una pequeña discusión, él insistía en seguir conmigo y esgrimía sus argumentos, yo lo rebatía con contundencia: Luis, si me van a matar, igual nos matan a los dos, se quedan con el dinero y piden más; no tiene sentido, no me harán nada y si subes y deciden quedarse conmigo, te matan o te usan para que informes; quédate es lo mejor. Refunfuñando y diciendo que era un error que "se lo ponía muy fácil a ellos", se quedó a esperar allí, incómodo, en desacuerdo, molesto y pensando muy seguramente en varios escenarios que se podrían dar arriba, impotente y preocupado, también yo iba así.

Últimamente mi campero había subido más montañas que cualquier otro, esta vez fue la última, subió aún más que cuando subíamos al Cielo; los criminales se protegían bien, allá arriba nadie podría llegar sin ser visto por ellos y por sus "colaboradores", mientras yo subía, pasó como una ráfaga un campero blanco marca Dahiatsu pequeño al que me pareció verle placas del color de las "oficiales"; lo perdí de vista muy rápido, por eso digo "me pareció".

Yo subí despacio, estaba muy inclinado, no conocía esas trochas y además era consciente que iba muy temprano para la cita, lo hacía a propósito, así que, seguí subiendo a paso seguro.

Me detuvieron los dos con los pañuelos que les tapaban más arriba de la nariz con los colores del ELN; se subieron y la orden fue, seguir subiendo, uno preguntó: ¿trae todo?, lo miré aprobando con la cabeza y me gritó, "mire para delante o nos va a matar"; seguimos siempre hacia arriba, como si quisieran que llegáramos a parar en una nube; instintivamente miré al cielo y me dije ojalá no le dé por llover.

Paramos, habíamos llegado, se acercó el "negociador", saludó y me dijo "empecemos hay que contar todo". Yo les iba entregando paquetes precintados como nos los entregaron, pero él los rompía y los entregaba a tres que contaban manualmente; en eso estábamos cuando oímos el ruido de un motor y uno de ellos gritó: ¡cuidado, helicóptero!, creo que sentí un fresco viéndolos correr como liebres, como animales que se sienten en peligro de ser cazados.

Salieron cuando se sintieron seguros, retomaron las cuentas; yo parado ahí, ansioso para que terminaran, uno de ellos dijo: aquí faltan dos billetes, yo dije que era imposible y con frialdad me dijo el negociador, o los pone usted o iniciamos todo de nuevo, les dije, pueden estar en otro paquete, sin embargo reaccioné rápido, pensé que sería terrible empezar de nuevo cuando ya llevaban más de 40 minutos contando, y finalmente decidí colocar los billetes faltantes para que todo prosiguiera; al rato el jefe dijo eso está bien, falta el resto, le entregué todo lo de intendencia que habían exigido. "Bueno tenemos que esperar que se comuniquen", me dijo y le dije que por favor llamara el, que podía volver el helicóptero; llamó y dio la orden y me dijo, en dos horas le dirán dónde recogerlo, los compañeros lo dejaran en un punto y cuando ellos estén seguros les avisarán donde es el sitio, es cerca, no tardarán mucho en encontrarlo. Enseguida me dijo, quiero preguntarle algo, todos hemos cumplido, ¿si algún día lo veo en alguna calle puedo saludarlo, sin rencores? Solo contesté, no creo que nos veamos; parece que entendió y comencé a bajar. Luis me esperaba, me abrazó y me dijo bajemos médico, ¿dónde lo van a entregar, ya avisaron para que lo entreguen?; momento de mucha confusión, porque mientras Luis me hablaba atropellado, pasaron cientos de pensamientos por mi cabeza, pero me dije, "yo estoy libre, ellos también lo están" y procedí a explicarle todo; mientras bajábamos entró la llamada con las instrucciones, de inmediato la transmití para que fueran a recibirlo.

¡Luis fue un gran compañero y amigo!, Dios lo tenga a su lado.

Como se esperaba hicieron la "entrega" y me avisaron que nos fuéramos a la finca de un pariente, precisamente a quien le debemos mucho para que este secuestro se terminara bien, entre todos lo logramos. La alegría de todos, el llanto del secuestrado al abrazarse con cada uno de la familia es algo difícil de contar. A todos los que ayudaron, pero sobre todo a Luis porque era el único que no era pariente y estuvo siempre en todos mis viajes al Cielo; siempre estaremos agradecidos y un dato curioso, desde ese día, ¡amo los helicópteros!

EL LLANTO DE UN HOMBRE

El llanto de un hombre. Difícil saber, ¿cuántas horas pasaron, desde que los terroristas recibieron su pago y soltaron?; para ellos era un paquete, un objeto por el que habían exigido un dinero, después de separarlo de su familia, su entorno y someterlo a condiciones infra humanas como a todos los que secuestraban para extorsionar a sus familias.

Eran esos años, antes del 2002, caso concreto en 2001; probablemente todo este sufrimiento, se hubiera evitado si el expresidente Álvaro Uribe Vélez, conocido por muchos como "el verdadero Libertador de Colombia" hubiera llegado antes al poder, pues los criminales se habrían ido a refugiar en Venezuela a donde Chávez, pero no fue así, todo sucedió un año antes.

Pasaban las horas, unos mirábamos los relojes, otros, ya se hacían sangre en los pulpejos de los dedos, pues ya se habían destrozado las uñas con los dientes; otros hablaban como "cotorras mojadas" y otros por el contrario mostraban su ansiedad en absoluto silencio; no recuerdo cuántas horas pasamos así; un momento de tranquilidad lo tuvimos cuando el encargado de recibirlo, nos dijo: está conmigo ya vamos bajando, estamos muy cerca de Curumaní; "está bien, dile a todos que está bien y que llegaremos al sitio que acordamos"; mientras él hablaba, yo repetía para todos; porque en el sitio acordado, estaba gran parte de la familia esperándolos.

El "sitio acordado" era la finca de un "pariente"; le llamábamos así, por precaución porque no podíamos descartar, que los "guerrilleros" aparecieran, para secuestrar a otros miembros de la familia; sabíamos, que eran capaces de eso y mucho más, porque ya lo habían hecho a otras víctimas; los muchos casos, la crueldad, darían para escribir varios libros; a muchos secuestrados, habían asesinado y continuado el proceso de negociación y una vez culminado, le habían dicho a sus familias: "su hermano, su padre o su esposa, está muerto, esto que nos trajo es por los gastos en que incurrimos durante todo este proceso"; a cuántos les habrían dicho: "murió; si quiere el cadáver, debe pagar por él" y así muchas formas de crueldad extrema.

"Estamos en Curumaní", solo se me ocurrió decirle: "que bien dale agua y sigue, aquí estamos todos; lo transmití a todos al mismo instante, alguien de la familia, creo que fue su esposa o uno de sus hijos, dijo: "que nos lo pasen para hablar con él"; yo le contesté, "ya está en camino, dejémoslo llegar"; no sé si fue un error, porque ahora que lo pienso él podía hablar; pero, el tiempo parecía detenido como uno de esos relojes antiguos a los que hay que darles cuerda y el encargado de hacerlo, lo había olvidado,; sin embargo la distancia, era de unos 25 minutos, solo que nos parecían varias horas.

El portón de entrada de la finca estaba abierto en sus dos hojas, como cuando va entrar un camión grande; ya veíamos bajar el campero, por la carretera asfaltada; no había más de 20 metros, mi pariente había ido por él y conducía, se detuvo, bajó rápido para ayudar a nuestro familiar liberado, que desde que nos vio comenzó su llanto, el llanto más profundo que yo haya escuchado nunca, supongo que surgía desde lo profundo del alma, donde se mezclaba la alegría de sentirse libre, de ver a su familia, esposa, hijos y hermanos, con ramalazos del sufrimiento de esos 182 días de infame secuestro, física y psíquicamente padecidos; el llanto, era el deshago de un alma arrugada ante todo lo vivido; sus familiares se arremolinaban con los abrazos y besos que no paraban.

"La familia es todo, yo sabía que no me dejarían morir en esos montes, la familia es todo, la familia es todo, repetía muchas veces; llegó el momento en que nos abrazamos, él seguía llorando y repitiendo la misma frase, en pleno abrazo me decía: "yo sabía que tú eras el que me iba a negociar, varios días lloré porque, pensé que te habían matado y no me habían dicho nada, es que uno de ellos se me acercó un día y me dijo, creo que mañana se va; yo oí que ya van a entregar lo suyo y lo van a liberar; esa noche, yo solo esperaba el día y cuando amaneció se me volvió a acercar y me dijo, algo pasó, no nos han dado ninguna orden; yo llevaba varios días bajando montañas, por eso sabía que ya me habían negociado, pero cuando escuché que, todo se había frenado, pensé, que te habían matado o secuestrado para quedarse con la plata y volver a negociarme; te lloré mucho, porque creía que te habían asesinado".

"Ayer me dijeron: mañana se cambia y se arregla que se va, pero no me dijeron nada más, y yo estaba alegre, pero no sabía si te había pasado algo; pensaba que si me soltaban, era que todo estaba bien, pero por momentos no creía, por lo que había pasado la vez anterior. La familia es todo, es lo único que tenemos, yo les decía a todos que ustedes me sacaban de allá; mi otro compañero secuestrado, cuando oyó que yo iba a bajarme y me dijo: "¿será que a mí me van a dejar morir aquí?"; yo le decía que no peleara tanto, que se fijara que yo les ayudaba atender a sus niñitos y dejaron de darme la carne más salada; y es que la carne, cuando nos daban, estaba tan salada que yo la sacudía primero y después la metía en el "agua de panela", para sacarle la sal, pero aun así, seguía salada y sabía que eso me iba a matar de la presión, pero si no la comía, entonces iba a estar muy débil para caminar". Creo que lloramos juntos, él no paraba de decir: "sabía que la familia me sacaba de allá, pero lloré tu muerte varios días, aunque el compañero de secuestro me decía, "él está vivo, cuando te vayas dile a mi gente, que me saqué de aquí", me daba ánimos, la familia es todo. "Hay que hablar con la familia de él, que lo saquen rápido o lo van a matar", se pelea con ellos, tienen una pelea por una tarjeta de crédito o algo por el estilo y no les ha querido dar la clave.

Se hace un poco tarde y algunos deben regresar a sus ciudades, no tengo claro porque sucedió hace ya 20 años, si Camilo, su mujer e

hijos se dirigieron a Valledupar, Barranquilla o al Pueblo. La tragedia de un secuestro, no termina con su resolución; aun cuando el
secuestrado es "entregado vivo", sus secuelas psicológicas, económicas y sociales pueden durar por años o para toda la vida.

Los secuestradores, son los peores criminales que pueden existir,
sin embargo, en Colombia, por el negocio que hicieron en Cuba con
Juan Manuel Santos, el "premio nobel de paz", están unos en el
Congreso de la República, otros hospedados y atendidos por el régimen de Nicolás Maduro, en Venezuela, quien los tiene allí para
que manejen la industria multinacional más grande y poderosa, la
del narcotráfico, que ya no es solo de coca y marihuana, sino que la
han "diversificado". Eso es lo que hoy viven nuestros países, ¡cuidado, Iberoamérica… Espero que entiendan esos puntos suspensi-
vos, ¡no son errores ortográficos!

SI NO REGRESA EN TRES HORAS, LLAMARÉ A LA POLICIA

Lo dije antes y lo tengo que volver a manifestar, un secuestro, la negociación con los terroristas, máxime si se trata de grupos criminales que tienen el secuestro como una de las razones de ser de sus nefastas organizaciones, es compleja y tiene muchas aristas. Cuando, como en mi caso, has negociado a un familiar con uno de estos grupos de asesinos, cuando tratas de narrarlo lo más fielmente posible, es difícil decir, ¿cuál es el último capítulo que escribes?, pues recordarás más situaciones que debes narrar; éste es el caso que nos ocupa hoy.

Me remonto a la segunda "entrevista" que tuve con el negociador, en esa ocasión cuando me retiraba agregó, "cuando venga a nuestra cita, trate de que parezca un paseo, venga con más personas, hasta donde le digan que puede seguir, así no sospecharan por que qué anda en estos montes"; recuerdo que pensé: ¿a quién puedo decirle que me acompañe?, para ellos dar órdenes era fácil, para mí no iba a ser nada sencillo.

Le comenté a Luis y me dijo, piense en alguna amiga y con ella ya seremos tres, parecerá un paseo. Ni idea tenía en ese momento, que esa solicitud o exigencia del negociador se iba a convertir en un problema de grandes dimensiones; en el regreso venia pensando en eso, cuando Luis me dijo, médico debe ser alguien de allá conocido suyo, porque si yo le digo a alguien del pueblo o de la finca, eso va a regarse como pólvora, usted sabe cómo son de chismosas esas viejas del pueblo, en una hora lo sabría todo el mundo; búsquese alguna conocida suya, que guarde el secreto mientras esto se resuelve y que nos acompañe en estos viajes. Una vez en casa, le comenté a mi esposa, ella dijo que eso le parecía una tontería, ¿que a esos montes quien iba a ir de paseo?

Uno o dos días después tuve una pésima idea, le comenté a una secretaria la situación y ella dijo que podía acompañarnos, que ella se inventaría algo; solo preguntó si regresábamos el mismo día; le dije que sí, salvo que algo excepcional sucediera; le pedí que no lo comentara con nadie y sonriendo dijo que ella no era chismosa, que para ella eso sería una aventura.

Que para ella fuera algo fuera de lo común yo lo entendía, porque era la única razón para que se involucraría en una situación de ese tipo; a sus 22 años, sus ganas de algo diferente, encajaban muy bien; lo que no nos ayudó, es que ocultara que tan pronto llegó a su casa se le contó a su mamá y esta, ni corta ni perezosa lo divulgó a otras personas y de esa forma lo que consiguió fue un día más que desagradable para mi esposa y desde luego para mí, cuando me enteré de todo lo que les narro a continuación; Sandra "la discreta", como le llamaremos narró su probable "paseo" a su madre y ahí comenzó un serio problema. Era un sábado como cualquier otro, nada podía presagiar algo especial, pero a eso de las diez de la mañana, sonó mi celular y en la pantalla apareció un número desconocido; como siempre sucedía cuando él llamaba, enseguida escuché: "padrino, nos vemos mañana en Fundación, a las ocho", y el sonido de colgado, antes de que yo pudiera aceptar o no, una vez más, quedaba claro que tenían el poder para ordenarme qué hacer; ellos tenían lo que yo buscaba y no escatimaban en hacérmelo sentir. Llamé a Luis y le dije, tenemos viaje mañana; me preguntó si había resuelto con quién íbamos y le dije que sí; llamé a "la discreta" y se entusiasmó respondiendo que podía pasar por ella a determinado sitio; cuando llegué a casa, lo comenté con mi esposa y recuerdo que no estaba convencida de que fuera buena idea llevar a esta persona; volví a explicarle por qué lo hacía y después, mil veces me arrepentí de no haberle prestado atención. Con todas las precauciones que los secuestradores tomaron y las que Luis y yo nos inventábamos en el camino, comenzamos a subir en mi campero por la montaña; recuerdo que en algún momento le pregunté a "la discreta": ¿se lo dijiste a alguien?, Y no me gustó su respuesta cuando me contestó:

"solo a mi mamá y le pedí que no le contara a mi novio, porque él es muy fregado, quisquilloso, y por todo se monta una película de celos"; en ese momento pensé que había escogido mal, que tal vez hubiera sido mejor una "chismosa conocida por Luis", en eso me equivoqué. La señora madre de "la discreta", no guardó el secreto y llamó al novio; éste comenzó una angustiosa presión de llamadas telefónicas a mi esposa a lo largo del día: ¿Qué dónde estaban?, ¿qué con qué derecho me había llevado a su mujer?, que podían matarla por allá en esas montañas, que, si en tres horas ella no llegaba, darían aviso a la policía; esas llamadas las hacía cada 20 minutos. Es fácil imaginar el nivel de angustia en el que "el quisquilloso", puso a mi esposa, que siempre que yo tenía que ir a esas montañas se quedaba rezando y contando las horas.

Arriba las cosas transcurrieron como ya les conté anteriormente, pero estando allá en la montaña, no podía imaginar ni de lejos, la "película" que el quisquilloso había montado; mi angustia mayor inició cuando estábamos dejando a Luis, después de despedirlo y agradecerle; "la discreta", recibió una llamada y se escuchaban los gritos cuando su novio le decía: " loca, que carajos haces en Bosconia", y más palabras de todo calibre; luego ella me dice: "mi mamá le contó a mi novio, él llamó a su señora y le ha dicho de todo". Tuve ganas de dejarla en Bosconia; hizo todo lo contrario de lo que me dijo que haría, yo aceleré tanto mi vehículo de regreso, que debí batir mi propio récord para llegar a donde su novio la esperaba e irme veloz a casa.

¿Cómo entender que a mí el "quisquilloso" no me dijo nada cuando le saludé y le di las gracias a "la discreta" ?; ¿fue un acto de cobardía, aprovechar que mi esposa estaba sola con mis hijos, pequeños en esos tiempos, para armarle el lío, porque su "discreta" me había acompañado a los montes y según él le podía pasar algo grave?, no deja de ser curioso porque cuando se dirigió ella gritándola, "la discreta" de un par de gritos, lo hizo callar y su supuesta fiereza terminó en nada. Digamos en beneficio hacia el "quisquilloso", que podía estar sinceramente preocupado, pero todo lo que hizo es imperdonable y no podía dejar pasar ese episodio, como tampoco uno o dos más que recuerdo.

Por ahora, dejaré esta historia de este tamaño, no sin antes recalcar sobre la crueldad del secuestro, de los secuestradores y el sufrimiento de quienes lo padecen, de lo cual se podrían escribir libros enteros.

UNA FIESTA COMPLICADA

Alrededor de las cuatro de la tarde, pasaba frente al puesto de enfermeras, de un hospital del sur del departamento del Cesar, que la vida política, me llevó a dirigir; eran años, que se podrían describir utilizando el término de moda entre las mujeres y tal vez entre algunos hombres en las redes sociales "complicados, muy complicados".

Por el camino que la vida me brindó y por el que tomé la decisión de andar, ese, que algunas veces me vi forzado a desandar, por ahí anduve caminando unos cuantos años. Hay momentos en los que dejo que mi cerebro se pregunte ¿cuáles fueron los mejores años de mi vida en el campo administrativo—político? la mejor respuesta es que todos fueron buenos, muchos con momentos difíciles y complicados.

Recuerdo la primera llamada; eran, como ya mencioné, alrededor de la cuatro de la tarde, acababa de pasar ronda a varios de mis pacientes y salía de la habitación de uno de ellos, que llegó, con un infarto de miocardio; venía, del municipio de La Gloria; yo estaba satisfecho, porque mi infartado, estaba tan bien, que ya hacía chistes y en unos dos días más podría firmar su salida. El hospital no tenía aún unidad de cuidados intensivos, o mejor dicho, había una: mi electrocardiógrafo y yo, muy moderno para esos años, con el cual les hacía a mis pacientes todos los electros que considerara necesarios para mi tranquilidad y la de ellos.

Iba yo alegre, por el estado de mis pacientes, pero preocupado, porque al hospital, le faltaban muchas cosas: una UCI, dotación general más nueva, banco de sangre y otras cosas más; para colmo, no tenía ni de lejos, el apoyo del gobierno departamental, tampoco en forma decidida del municipal. Se preguntarán, cómo llegué a dirigir ese "hospital regional" y esa respuesta, como muchas que nacerán de mis relatos, harán que me tenga que sentar varias veces más, frente al teclado.

Retomemos, mi paso frente al puesto de enfermería; me llama Luisa y me dice: "doctor, tiene una llamada, parece urgente"; me acerqué, tomé el auricular del teléfono y escuché: "vea gran &%#?&¡ ¿sabemos que va a hacer una fiesta para los empleados, de fin de año; no haga esa fiesta porque, lo matamos gran '?&%#?¡', y colgaron. Eran tiempos difíciles; sólo llevaba unos meses de gerente, no era oriundo del sur del departamento y había muchos celos por ello, razón por la cual no tenía el apoyo, como les dije del gobierno departamental, sino por el contrario, una férrea pelea con ellos, pues querían el cargo para sus amigos.

Tiempos complicados, que tenías que andar con mucho cuidado; me sentía caminando sobre el filo de un puñal; debía tener cuidado con cada paso pues resbalar en esa posición, mínimo te cortaba o te costaba la vida, como le pasó, lamentable y tristemente a uno de mis sucesores. Eran esos tiempos en los que había que mantener un equilibrio para mantener la autoridad y no entregarse a ninguno de los extremos.

Tiempos, en que le llamabas la atención a un empleado y te contestaba: *"mire, yo soy amigo de los de arriba"*; tiempos para mantener el equilibrio, pues por un lado, estaban "las guerrillas" y por el otro "los paracos", y entre unos y otros, aquellos que querían congraciarse con uno u otro extremo.

Tiempos en los que la "enfermedad nacional", causó tantos o más muertos que el coronavirus; tiempos en los que las mascarillas, eran pasamontañas o pañuelos con los distintivos de las guerrillas o de las AUC y cualquiera de ellos podía acabar con tu vida, por cualquier cosa y de eso, si se escribe la verdad, sobre el terrorismo en Colombia, deben abundar relatos históricos.

Muchos amigos me dijeron que no la hiciera, mi esposa después de decirme que eso era una locura, como siempre terminó diciendo, *"si tú vas, yo voy contigo"*; comencé los preparativos, porque, la fiesta tenía que hacerse por muchas razones, las dos que para el momento cobraban más importancia fueron, primero que era un gesto de agradecimiento con todos los que ese año habían trabajado en el hospital, resolviendo a veces con las uñas, toda la problemática de salud que nos llegaba, que eran muchas por el terrorismo que había.

Por otro lado, no hacer la fiesta, podía llevar a la pérdida de autoridad en el hospital, a nadie le gusta trabajar y mucho menos estar bajo la dirección de una persona cobarde.

La noche de la fiesta, aprendí muchas cosas, entre ellas que el miedo no es buen consejero, que recibes solidaridad muchas veces de quienes menos la esperas y que lo contrario también se da y con más frecuencia de lo esperado. Nos fuimos temprano, había que ver que todo estuviera a punto y en esta ocasión por proteger a los demás, no había delegado nada. El sitio, un enorme patio de un restaurante o estadero en un barrio de Aguachica, estaba abierto, eso era lo principal. Comenzaba la noche bien.

Todo estaba a punto, lo que más me preocupaba era que los invitados llegaran. Cuando vi llegar los primeros, respiré profundo y recuerdo que los diez primeros, mentalmente los iba contando; era angustiante, pero me sentía más seguro y menos equivocado, cada vez que una persona atravesaba el gran portón de madera del patio. Cada uno me causaba alegría, pero no puedo negar que hubo sorpresas agradables, alguien que había sido uno de mis grandes contrincantes en política, llegó con su hija mayor, nos dimos un gran abrazo, ambos lo merecíamos, nos estábamos premiando, habíamos tenido todos nuestros "debates" con altura y sin ninguna ofensa; escuchó que me habían amenazado si hacía esa fiesta, me conocía bien y sabía que la haría, decidió ir y además llegó con su hija mayor; cosas difíciles de olvidar, gracias, muchas gracias por ese gesto, amigo, de contendores pasamos a ser grandes amigos y en la próximas elecciones lo incluí en mi lista al Concejo Municipal, así es la vida o por lo menos así debería ser.

Llegaban los compañeros de trabajo, los amigos y algunos que no había invitado pero que estaban fuera del ambiente de trabajo, eran amigos y quisieron hacerse presentes; mil gracias desde el recuerdo, a todos, mi comprensión para quienes prefirieron no hacerlo que gracias a Dios fueron pocos. Mi esposa me decía, *saca la mano del bolsillo, mira cuánta gente ahí aquí, ¿tú crees que se atreverían a hacer algo"?*; yo sacaba ya más confiado la mano del bolsillo donde mantenía agarrado un revólver treinta y ocho de cañón recortado, no era cuestión de valentía, era de supervivencia.

Hoy, mi esposa, miró lo que estoy escribiendo y me hizo reír cuando me dijo:" estás *escribiendo, sobre la fiesta de los fusiles, aún me da rabia"*; comprendo su rabia, pero sobre todo le agradezco, que me haya hecho sonreír y recordar que, a eso de las 10 de la noche, en la paredilla que rodeaba el patio, de un momento a otro aparecieron varios uniformados armados con fusiles y uno de ellos se me acercó y me dijo, *usted debió avisarnos, usted sabe que aquí no amenazan por amenazar, yo le hubiera recomendado no hacer la fiesta o por lo menos hubiéramos tomado más precauciones"*, le di las gracias al Capitán, de esas gracias, que son verdaderas "gracias", le mostré que llevaba mi "revólver", se echó a reír y me dio una palmada en el hombro y dijo: *"para ellos, eso es un palillo, un mondadientes"*.

Ya podía bailar agarrando a mis parejas con las dos manos, eran muchas parejas porque cuando "tienes algo de poder, todas bailan contigo, aunque no bailes muy bien", además siempre me he considerado un buen bailarín. Así, de esta forma, termino la que hoy mi esposa acaba de bautizar como la "fiesta de los fusiles" Queda una pregunta por resolver, ¿Quién hizo las amenazas?; no quiero alargar más esta historia de la época del terrorismo, pero es historia y debo dejar claro que no fueron ni las guerrillas ni los paracos; ¡esta vez, no fueron ellos! Otro día y ya bajo otro nombre, me animaré a decirles quien me amenazaba y que paso con él, solo les adelanto que la esposa del sujeto le dio una "muenda", con correa y todo.

UN SECUESTRO DE 15 ETERNAS HORAS

En un puesto de venta de chicharrones y otros alimentos ricos en colesterol, alrededor de las 5 de la tarde, un día miércoles por cierto, de esos en que después de estar viajando, desde el lunes a cumplir tu cometido decides regresar a casa, en esas circunstancias, regresando de Aguachica (Sur del departamento del Cesar), hacia Valledupar, sentados en rústicos taburetes de cuero de res, alrededor de una mesa redonda de madera, construida con base de matarratón y tres trozos de tablas sin cepillar, estábamos mi conductor y amigo, a quién para tranquilidad de ambos cambiaré su nombre, por el de Paul, sentados, unas hojas de bijao como mantel, mientras comíamos nuestros chicharrones "dietéticos", bollos y trozos de yuca cocida como acompañantes, nuestro tema de conversación, lo que yo solía llamar "la inseguridad pública"; Paul me compartía los cuentos que entre sus colegas y conocidos se narraban sobre los frecuentes secuestros que se producían en el departamento.

Los secuestros, ya no eran "privilegio" del sur del Cesar, en donde estábamos y de donde salíamos, sino también, a pocos kilómetros de la capital, así como también en la misma Valledupar, ya sucedían. Es común la creencia sobre "el poder de las palabras", pues justo en los momentos en que tocas ciertos temas, el cerebro, parece estar en estado de "alarma permanente", más, si se tiene en cuenta el lugar en donde nos encontrábamos, esa alarma funcionó.

Al ver pasar un campero de color blanco, idéntico al que usábamos, que era propiedad de una Institución de Gobierno, de la cual, yo era su Gerente Regional, algo me alarmó y dije muy tenso: *"rápido Paul, nos vamos"*; él asombrado, porque la comida estaba casi toda sobre el bijao, me dijo: ¿por qué doctor? y le dije: *"rápido, ese carro me da mala espina"* y literalmente corrimos al carro y le pedí que me dejara conducir, a lo que se negó, diciendo: *"tranquilo doctor, yo le doy duro"*, y arrancamos a la velocidad que nos dio el campero; divisamos el vehículo que me había hecho sospechar y le apremié: *"más rápido, hay que pasarlos antes de la curva; cuando lleguemos a Pelaya, frenas frente al comando de la Policía"*.

Paul, nunca me alcanzó a responder esas indicaciones, porque pasada la primera curva y cuando estábamos a punto de alcanzarlo, dieron un brusco y peligroso viraje, bloqueándonos la vía; a duras penas, pudimos frenar, para no chocar con ellos y al hacerlo, saltaron tres encapuchados con emblemas de las guerrillas del ELN, irónicamente llamado "Ejército de Liberación Nacional"; se nos acercaron por ambas puertas, nos colocaron a cada uno el cañón de un fusil Galil en la cabeza.

Comenzaron unas horas angustiantes, llenas de rabia e impotencia, con más temor que miedo. Antes de subirse a nuestro vehículo, uno de los "encapuchados" comenzó a dar órdenes: *¡Tú vete para atrás ya!*, ordenaron a Paul, *¿y qué quieren ustedes?* les pregunté; *si es el carro, llévenselo. ¡Usted cállese!*, me dijeron; yo recuerdo claramente que pensé: "con la razón que traen en las manos, hay que obedecer para salir de ésta, pues no parecen querer matarnos"; esto lo pensé por la sencilla razón de que ya lo hubieran hecho, como lo han hecho con cientos de personas, sin mediar palabras.

Paul era una persona alta, de contextura fuerte, pero no podía hacer más que lo que yo hacía, nada; sin embargo, empezó a hablar y les decía: *"miren, el doctor es muy buena gente; me dio trabajo cuando nadie me lo quería dar, porque salí por sindicalista de mi anterior trabajo"* y así en esa tónica continuó unos minutos hasta que el mismo que nos había gritado antes le dijo: *"cállese; ya sabemos que agarramos a la virgen María"*.

Hubo después un silencio absoluto; como no nos vendaron, ni nos ordenaron "agacharnos", (cosa que me preocupó mucho), volví a pensar: *si no nos tapan, éstos nos van a matar*. Me dediqué a mirar por dónde nos llevaban, miraba lo poco que podía hacia atrás y tuve la impresión de que Paul iba más blanco que un papel para escribir cartas y pensé: *¿yo estaré igual?*, segundos más tarde, dije: *¡estoy que me orino!*; el mandamás dijo, *¡cuándo paremos!* Y soltó su presentación: *"Somos del Frente Camilo Torres del Ejército de Liberación Nacional"*.

Seguimos en silencio unos segundos y me aventuré de nuevo a preguntar, *¿y qué quieren?*, y otro de ellos respondió: *cuando lleguemos*. Recorrimos hacia la montaña no más de 5 kilómetros, tal vez menos, pero en esas circunstancias, el tiempo parece muy largo; un poco más tarde, paramos al borde de un caño o arroyo, se tiraron del carro y nos dieron la orden de bajar.

El mandamás daba sus órdenes a gritos sin necesidad, solo para hacer sentir que él era el jefe, (cosa que más tarde quedó desvirtuada; *"caminen por ahí"*; en eso llegó el carro "gemelo", y el gritón les dio la llave de nuestro campero.

Ante de marcharse, preguntaron, *¿el carro está bien de todo?*, respondí: *"es un carro nuevo"*; algunos de ellos abordaron y se fueron, quedando cuatro con nosotros; entre los que se quedaron, había una chica (no creo que fuera mayor de 14 años), con unos lindos ojos verdes, que hacían contraste con los colores de su pasamontaña, quien tomó la palabra y nos soltó una especie de arenga o más bien una clase de reclutamiento: *"compañeros, tranquilos, necesitábamos un carro para hacer unas vueltas y por eso recuperamos ese, que al ser de gobierno, es del pueblo y lo necesitamos"*, mientras, los mosquitos, se daban un banquete con nosotros, a orillas del arroyo.

Compañeros, seguía diciendo "ojitos verdes": *"miren, en una circunstancia como esta yo me conocí con los compañeros, iba para Bucaramanga con mis padres y un grupo como este nos interceptó y nos pidió ir a un sitio parecido a este, donde ellos nos explicaron porque están en esta labor;*

yo los escuché, porque nuestro país está muy mal, hay mucha pobreza, se roban los recursos y el país está prácticamente vendido al imperialismo Yanqui".

Esa fue la historia que nos soltó, aunque más larga y adornada de términos como: "injusticia, imperialismo yanqui, robo de nuestros recursos, Ecopetrol etc" y el "botón en el ojal" se lo puso cuando nos dijo: *"si alguno de ustedes dos quiere quedarse, como lo hice yo, puede hacerlo y es bien recibido; para mí, fue una decisión difícil porque iba con mis padres, pero seguro que ellos lo comprendieron",* se mintió a sí misma para tratar de tranquilizar su conciencia; ya habíamos orinado por lo menos unas 4 veces, porque no se puede decir que estábamos tranquilos, ni seguros, de que nos iban a dejar ir; aunque, al final de su discurso dijo: *"doctor, de ustedes necesitamos el carro, puede, que cuando terminen, mis compañeros, se lo dejen en algún sitio, para que lo recuperen".*

Llegó la noche, ni muy clara ni muy oscura, y ya teníamos orden de acostarnos en un pajonal en el suelo. Pasadas, dos horas, sentí que era mi deber hablar con ellos y saber más; como estaban a unos metros de nosotros, les dije: oigan tápense, que voy para allá, se pusieron sus pañuelos y me les acerqué.

No estoy totalmente seguro, si yo comencé hablando o fue uno de ellos, pero les pregunté: *¿cuándo nos vamos?, mi familia, está acostumbrada que llamo con frecuencia y mi señora puede avisar a la policía;* la respuesta fue: *"lo que haga ella, no nos importa, pero usted cuando se vaya, no puede poner denuncia de lo sucedido";* les dije: *"pero si no lo hago, puedo terminar preso, porque el carro es de una Institución de gobierno";* nadie respondió a eso, pero recuerdo que pensé: *si salimos de aquí, voy directo a una Inspección de la Policía.*

La noche se hizo más oscura; nuestros captores comenzaron a "aflojar" un poco, cuando les pregunté cuánto tiempo llevaban en esa zona; uno de ellos respondió: *"Por aquí andamos desde hace mucho tiempo; esto lo domina nuestro Frente. Nosotros tuvimos a una señora política de Valledupar, muy conocida; usted la conoce como "Flor de Loto", por cierto, con ella se pasaba bien; cuando superó el miedo, nos contaba muchas cosas; es que los políticos, siempre quieren sacar provecho de todo".*

Transcurrió un largo silencio; me pareció, que esperaban que yo preguntara sobre "Flor de Loto", pero, mi preocupación permanente era otra; ella ya había sido "liberada", así que aproveché y pregunté: *¿nosotros cuándo nos vamos?*, me sorprendió una voz femenina, que no era la que nos invitó a quedarnos, sino otra que no habíamos visto antes: *"por la madrugada se van"*. Un poco ingenuamente o más nervioso de lo que quiero reconocer, seguí preguntando: *¿y el carro?*, la misma interlocutora contestó: *"lo recuperamos, pero si los compañeros lo han desocupado, se lo dejarán en la Bomba de Pelaya, búsquelo ahí"*; con esas palabras, me tranquilicé un poco.

Pensaba, que mi esposa estaría desesperada, pensando, por qué no había llegado, ni llamado; en forma inexplicable para mí, les pregunté: *¿habrá forma de tomarme un tinto?* y ojos claros intervino y dijo: *"antes de irse, desayuna y toma su tinto"*; no sabía si se burlaba o nos darían algo de comer, porque la hora de cenar, había pasado y no recuerdo haber tenido hambre, pero el café, si hacía falta.

 Mis pensamientos fueron interrumpidos cuando la misma voz dijo: *nosotros desayunamos como a las tres y media o cuatro de la madrugada y a esa hora les traerán a ustedes también"*. Uno en esos momentos no sabe qué decir, pero algo se me atravesaba en la garganta que impedía dar las gracias; era como una pelota de pin pon, atravesada, y mientras ella estaba ahí, impidiéndome hablar, mi cerebro a millones de pensamientos por segundo, parecía, una de esas máquinas, que escribían sobre una tira de papel delgado interminable, como esas, que usaban en las viejas películas de espionaje; yo alcanzaba a leer: *"estos sujetos, nos secuestraron, nos quitan el carro, nos humillan como les da la gana y ¿qué esperan?, ¿qué les demos las gracias cuando traigan el desayuno y nos dejen ir?*

Ahora, dicen: "que nos devuelven el carro, que lo dejan en la bomba, que tuvieron a "Flor de Loto", que ellos, saben mucho de todos los políticos, de los ricos de cada pueblo, que tienen gente infiltrada entre los "perros" y que, cuando ellos salen de los batallones, ya están enterados para dónde van; que la esposa de un oficial vende pistolas, que ellos si son serios y devuelven a todos los que agarran, si las familias pagan, que no son como las FARC; pero, no se libera a nadie, que no haya pagado" — y en mi cerebro se oía una voz que decía: ojalá pudiera verlos y reconocerlos; de nuevo la voz más joven: " *sabemos bien quién es usted, una compañera nos contó, que no roba como muchos allá, que va a todas partes y pone los hogares, esos para los niños y por eso a usted lo dejaremos ir"*; y pregunté: ¿a Paul *también*? tenemos que regresar los dos y la respuesta fue: *"se van los dos"*.

Respiré más tranquilo, guardé silencio; era un silencio que casi asustaba; solo el ruido de algo de brisa que movía las hojas de los árboles; pasaban muchas "luciérnagas", tantas que alumbraban por instantes un trocito de su cielo y de pronto escuché con mucha claridad, el ruido de dos o tres vehículos y miré hacia donde sonaban; vi las luces de los faros y recorrí con mis ojos más allá de las luces y vi muchas otras y me dije algo así como: *"estamos cerca de Pelaya y muy cerca de la carretera"*; alguno de ellos que parecía tener capacidad para leer la mente, dijo: *"estamos cerca, pero toda esta zona está cubierta por nosotros, los que trabajan en estas fincas nos colaboran, nos informan todo, antes de que los "perros" se muevan sabemos para donde van"*.

Me retiré hacia donde estaba Paul y le dije: *"nos dejarán ir en la madrugada y nos devuelven el carro"*; Paul, contestó algo que no recuerdo muy bien, pero era una duda sobre el carro; me recosté queriendo dormir, pero en la cabeza había muchas dudas; repasaba una y otra vez lo sucedido y llegué a una conclusión, que curiosamente, no aclaró nada más de lo que ya sabía y es que me conocían y me tenían como a todos los funcionarios públicos de cierto nivel, investigado;

pero seguían los interrogantes uno tras otro apiñados de tal forma en mi cerebro, que se sucedían tan rápido que se "pisaban los talones" y no tenía respuestas a casi nada y no quería tentar la suerte.

Ya, habían dicho que nos íbamos; por el momento eso era suficiente. Pensaba en mi esposa, mis hijos y me decía: *"apenas nos liberen, paro un carro y que nos cobre, lo que quiera pero que nos lleve a Valledupar"*; pero entonces, venía veloz otro pensamiento, era como el final de una maratón, muy apretada, un pensamiento alcanzado por otro: *"¿si busco el carro donde dijeron?"* y así en una noche larga con muchas luciérnagas volando cerca, llegó la tan esperada madrugada.

Hubo ruidos y dijo una voz: *"cojan todo, que se van"*; usted, se dirigía a mí: *"más adelante se le acercará una persona con una toalla envuelta en las manos y les va a preguntar: ¿Quiénes son y de dónde vienen? Le va a responder: somos de la secretaría de Salud y venimos de vacunar en unas fincas, estamos perdidos, y él les dirá por dónde seguir, nada más"*.

Cámbiese, que así no parece vacunador; fue una orden tajante, pero muy bien recibida; caí en cuenta, que estaba sucio de tierra por todas partes; cogí mi pequeña maleta y saqué pantalón, camisa y me cambié de ropa; cuando terminaba de hacerlo, llegó uno de ellos y me entregó dos bolsas plásticas que contenían el desayuno y me advirtió: *"es para los dos"*; tomé una papa cocida y un huevo duro y pasé la bolsa a Paul; la otra bolsita tenía un tinto frío muy cargado de panela; pasé uno o dos tragos y le di la bolsa a Paul, que conociendo mi gusto por el café me dijo, *¿no quiere más jefe?* Le contesté: *"eso está frío y muy dulce"*; comimos nuestro desayuno.

Pasaron segundos, minutos, con tamaño de horas y nada que nos decían algo que nos autorizara a irnos, así que me acerqué y les dije: *"ya pasó la madrugada"*, como recordándoles, que habían prometido que nos soltaban; uno de ellos, contestó, *"esperamos que revisen la zona"*. Minutos más tarde, sonaron a alguna distancia, unos

machetes, como limpiando monte y la que nunca hablaba, nos dijo:
"cojan su termo y arranquen por aquí derecho" y no alcanzamos a terminar de oírlo, cuando ya estábamos caminando; le dije a Paul, *"ca-
minemos rápido y no miremos para atrás"*; ¿por qué le dije eso?
no tengo ni idea; tal vez sería, porque lo malo hay que dejarlo rápido atrás, o quién sabe si por alguna superstición popular, en fin,
no habíamos caminado ni 300 metros, cuando apareció el señor
con su toalla en el brazo, quien hizo sus preguntas, recibió las respuestas indicadas y nos dijo sigan derecho allí está la carretera.

Recorrimos unos 800 o 1000 metros más y ahí estaba la carretera, en
un tiempo, que, en aquellos momentos, pareció largo; vimos venir
una camioneta de esas "abiertas", que llevan bancas atrás y recogen
pasajeros entre pueblos cercanos; se detuvo, pagué nuestros pasajes
hasta Pelaya, antes de bajarnos, ya yo había preguntado y sabíamos
dónde vivía el Inspector de Policía.

Era un domingo y no había oficina abierta, pero fuimos a su casa;
me reconoció, pues no hacía mucho había estado allí entregando
servicios de la institución que gerenciaba y visitando el "hogar" de
un Padre Español muy querido y respetado por la gente de la loca-
lidad, de quien recuerdo me había dicho que siempre pedía ayuda
a nuestra Institución y no la recibía, me acordé de que habíamos
firmado un convenio para la atención de los *menores en peligro*.

El Inspector de Policía al igual que el alcalde y algunos de sus se-
cretarios me conocían; me interesaba colocar la denuncia; el Inspector dudó si recibirla por ser día festivo, pero finalmente tomó una
máquina de escribir y me la recibió; le agradecí y le dije: *"voy a la
estación de Gasolina para ver si está el campero"*; el me miró como diciéndome: *no pierda tiempo*.

Caminamos a la estación de gasolina, con un sol tan fuerte de esos
que derriten la mantequilla, apenas la colocas en cemento y puedes

freír un huevo en ella; ya teníamos la denuncia, eso era lo importante.

Llegamos a la estación de gasolina, allí, no había sino olor a gasolina y un bombero, a quien le produjo risa que yo hubiera ido a ver si habían dejado el carro allí, pero a quién le estoy agradecido, porque nos permitió su teléfono para hacer una llamada; recuerdo que hablé atropellado y le dije a mi esposa: estamos bien, nos secuestraron ayer por la tarde, pero estamos ya libres, en Pelaya, esperando un transporte para irnos; recibí sus palabras de preocupación y un "vente ya".

Estábamos a borde de carretera, tomamos el primer transporte que pasó, un bus, de una empresa muy conocida, que nos llevó hasta la estación de gasolina, a la entrada a Valledupar; allí, cada uno tomó un taxi y partió directo a casa, a contar lo que ahora ustedes también saben.

SEGUNDA PARTE

PINCELADAS POLÍTICAS

¿HABLAMOS DE UNA DEPENDENCIA?

Lo primero es aclarar que mi especialidad no es la Psiquiatría ni la Neurología, disciplinas que me interesan y a las que he dedicado más horas de lo acostumbrado como internista, al menos eso creo. En mis lecturas, he observado que los profesionales dedicados al tema de las "dependencias" las han clasificado y estudiado a fondo; ya casi todos están de acuerdo con algunas líneas generales o requisitos para el tratamiento del enfermo. Debo ser honesto y decir que este escrito no lo hago como un médico que quiere dejar lineamientos de manejo en diagnósticos de dependencias; considero que hay cientos de artículos, tratados y columnas de profesionales más capacitados que yo para ello.

Escribo como un ciudadano iberoamericano preocupado por el rumbo que toman algunos de nuestros países. Entiendo la pregunta que se formulan quienes me están leyendo: ¿Qué tiene que ver el rumbo que toman algunos de nuestros países con las dependencias? Sé de la extrañeza que esto puede causar y al contestarles, les pido que piensen en cualquier persona con alguna dependencia, un ludópata, alcohólico, marihuanero, cocainómano, entre otros; sabemos que existen varias dependencias que no se consideran enfermedades, salvo que se caiga en el abuso. Pienso que la OMS debería incluirlas como enfermedades y plantear tratamientos. Veamos algunas dependencias en términos generales, entre otras las químicas, que son las que más frecuentemente llevan a las adicciones, las emocionales, tecnológicas, psicológicas, físicas y las económicas. Desde luego que existen más, pero quiero enfocarme en esta última por varias razones, la principal de ellas es porque se trata del tipo de "dependencia" que, en forma cruel, antiética y amoral, utilizan los gobiernos "socialistas" para someter a los pueblos que necesitan tener subyugados o esclavizados. Estos gobiernos con sus más de cien denominaciones y diferentes disfraces, utilizan frases atractivas para engañar a sus pueblos y llevarlos paso a paso a depender de ellos. Que bellas suenan para los oídos incautos, ingenuos, así como para los ignorantes, frases como: "Hay que acabar con la desigualdad", "Impuestos solo para los ricos", "Los pobres tendrán servicios gratis", "La canasta familiar estará al alcance de los más necesitados" y más de lo mismo, en distintas terminologías. Lo que sea necesario, para que "el ratón vaya por su pedazo de queso". Un queso atractivo, agradable, de buen olor, color y sabor; que atrae a los ratones que terminan por caer en la trampa, con las funestas consecuencias que ello les trae. Los estudiosos, los expertos en el engaño, han aprendido mucho de quienes eliminaban ratones con la tradicional "trampa" pero muchos de ellos, también han aprendido a robarlo y salvar sus pellejos. Hacerse con él, es su dependencia, que, como muchas dependencias no tratadas, los convierte en "adictos".

¿En qué se diferencian las trampas con queso para ratones, de las "subvenciones" ?, ¿Acaso no terminan los subvencionados dependiendo de éstas?, ¿Hay algún momento en que los subvencionados se encuentran satisfechos o siempre aspiran a otro pedazo más?

Cabe, además, preguntarse, ¿qué sucede cuando un gobierno no tiene más quesos para poner en las trampas?, ¿Cuándo los casi siempre mal manejados dineros del amado pueblo, sometidos a todo tipo de saqueo, no alcanzan para seguir entregando quesos a los ratones o a los ya dependientes y probablemente adictos a sus subvenciones? Los "expertos" en este tipo de trampas han observado lo que sucede con las poblaciones de ratones en estos casos y transmiten a los dueños de las trampas algo parecido a esto: "Hemos observado que, cuando los ratones se dan cuenta que el queso no es gratis, que tiene como finalidad eliminarlos o lesionarlos de distintas maneras, una gran cantidad de ellos huye y busca, a través de caminos más o menos ocultos, cambiar de madriguera, dejando atrás a los compañeros muertos, lesionados, los que ya están muy viejos para escapar. Aquellos que se consideran más listos y creen poder burlar las trampas, establecen buenas relaciones con sus opresores. Parece que los expertos no tienen en cuenta que los ratones, antes de que comenzaran a repartirles el queso, trabajaban y cavaban túneles para comunicarse entre ellos; algunos lograban tener madrigueras que compartían con sus familias, donde recibían amigos y eran felices.

Muchos, culpan al queso, otros más osados a los dueños de las trampas y un grupo de los menos cobardes termina por asociarse con otros de igual condición, se reconocen culpables y deciden, después de dar ese primer paso, regresar, convencer a los que sobrevivieron a las trampas y crear un ejército de valientes que abandonan la dependencia y luchan por recuperar lo que de verdad les pertenece.

Los "expertos" narran que, en ocasiones, ese recorrido es doloroso y cuesta vidas, pero que al final los humanos terminan por aprender de los ratones. Pelean contra sus dependencias de forma tal que unos se rebelan y no quieren recibir más la bolsa con alimentos que les entregan. Se unen a los que decidieron volver a defender los suyos y recuperar lo que poseían antes de que el "socialista", utilizando diferentes tipos de trampas, los hubiera convencido de que todos serían iguales, que solo les quitarían a los ricos y que se lo darían a ellos.

Después de escuchar y leer a los expertos, me quedé algo confuso, preguntándome: ¿acaso los humanos, no somos más inteligentes que los ratones? Fue tal mi confusión que les pregunté, posando de ingenuo, a mis vecinos, y todos se ufanaban al responder: "claro que somos más inteligentes, ellos son los animales". Pasados unos minutos, regresé a preguntarles: si es así como ustedes dicen, comprendo que el ratón tenga que ver a sus congéneres caer en las trampas antes de entender, ¿pero, no estamos haciendo lo mismo los "inteligentes" ?, ¿Cuántos países han caído en las trampas socialistas, podemos decir que ya hemos aprendido o seguimos detrás de los quesos nos ponen?

GARANTES O COMPLICES

"Hijo no andes con esa gente, tiene mala reputación y pueden pensar que eres como ellos; recuerda que siempre se ha dicho, dime con quién andas y te diré quién eres". ¿Alguna vez han escuchado algo similar?; hay muchos dichos populares en nuestros países, que no por ser habituales, dejan de ser ciertos, por el contrario, tienen el poder de la verdad.

¿Servirías de fiador a una persona de dudosa reputación?, ¿lo harías en un negocio en donde las dos partes tienen malos antecedentes?, si tu respuesta es positiva, probablemente tú seas similar a ellos, de grandes y dudosas ganancias personales, lo que al final, te hace igual de deshonesto, que a aquellos a quienes aceptas servir de garante o fiador. ¿Engañado? no, no lo creo, no fuiste a ser fiador engañado, muchas personas te dijeron una y cien veces que ese negocio, al cual tú te sumabas no era limpio, no era honesto; además, ¿quiénes te acompañaban en ese negocio del cual ibas a ser de una u otra forma participe?

Cuba, se resume para mí en 62 años de dictadura, esclavitud y muerte, eso no es algo secreto, es sabido en el mundo entero, es reconocido en más del 95% de los países y si existen dudas al respecto, basta con revisar su historia desde que los hermanos Castro se tomaron el poder e impusieron el comunismo como única opción de vida, porque fuera de este, no se vive en la isla, se es esclavo, prisionero o cadáver. Desde niño, recuerdo que los deportistas de los países comunistas para participar en cualquier gesta internacional iban acompañados de entrenadores, de los cuales siempre se ha sospechado que son una especie de espías o guardianes, encargados de asesinarlos si trataban de fugarse.

Venezuela, fue potencia mundial petrolera, título que perdió poco tiempo después de haber creído en las mentiras del coronel Chávez, en aquel fatídico diciembre de 1998, cuando les prometió, "salvar al país de la corrupción" que según él sufrían, jurando, además: *"no permitir nunca que el socialismo o el comunismo entrarán a su país"*. Ayer, a eso de las siete de la noche, me contactó una persona desde Maracay y me dijo, tenemos el mismo apellido, mi padre también era italiano, soy médico especialista y como tu también estoy jubilado, me gustaría que siguiéramos comunicándonos; desde luego, fue mi rápida respuesta, ya con más tranquilidad me comentó: *"mi pensión es de tres(3) dólares mensuales, vivo de alquilar dos habitaciones a colegas colombianos que vienen a especializarse"*; guardé unos minutos de silencio, no sabía qué debía decir, pero le comenté que estando en Barcelona—España, una colega me había narrado exactamente la misma historia sobre su padre que estaba en Caracas, y un amigo odontólogo también radicado en esa ciudad, me dijo que a él, le entregaban 4 dólares, pero que por no estar allá en Venezuela, dejaron de pagárselos. Creo que eso resume la situación de ese país, dejando en claro que hoy por hoy es el régimen más asesino y cruel que existe.

Noruega, se muy poco de ellos, así como ellos, saben poco o casi nada de nosotros; buscando como conocer algo más, me encontré el libro: "Pensamiento Social Noruego sobre América Latina" de Benedicte Bull y traigo de él textualmente el siguiente párrafo: "La literatura académica Noruega sobre América Latina, no está en una posición de impactar profundamente en la comprensión general de lo que es y no es América Latina. Noruega, no atrae bandadas de estudiantes extranjeros, como los Estados Unidos o Gran Bretaña. En relación con los estudiantes latinoamericanos, Noruega carece de la atracción cultural de Francia, la conveniencia idiomática de España, así como de las becas generosas y las tradiciones académicas de Alemania"; sin embargo, Noruega se ofrece o acepta ser garante para un país del cual desconoce prácticamente todo; ¿por qué razón?

Chile, para la época que nos interesa, tenía como presidente a Michelle Bachelet Jaria, quién desde joven se destacó como miembro del Partido Socialista el cual era en realidad tan comunista como los hermanos Castro de Cuba; en el gobierno de Ricardo Lagos, fue ministra de salud (es Médica) y posteriormente Ministra de Defensa; debo reconocer que ella es una persona muy preparada, pero también debo decir que es una socialista hasta los tuétanos y además afirmar que con su "social comunismo", ha hecho y sigue haciendo daño. Ahora desde su cargo como Alta Comisionada de las Naciones Unidas para los Derechos Humanos, sus *"puñeteras nalgas"*, a pesar de la solicitud del cantante Miguel Bosé, no se han movido a favor de los pueblos esclavos de Cuba y Venezuela. Amigo lector, hazte unas preguntas:

1. ¿Por qué negociar la paz, con el grupo terrorista de las Farc, precisamente cuando estaban diezmados y huyendo, protegidos por el régimen castrista en Venezuela?

2. ¿Por qué, no continuar el programa de Seguridad Democrática, hasta que fueran los terroristas los que se sometieran a un proceso de paz, en vez de hacerlo, al contrario, sometiendo al pueblo colombiano a los caprichos y deseos de esos criminales?

3. ¿Por qué crearles su propio "sistema de justicia"?; compuesto por intelectuales de la izquierda colombiana, socio comunistas que, al día de hoy, no han proferido un solo fallo serio sobre miembros de las FARC EP.

4. ¿Por qué permitieron que los jueces fueran escogidos por ellos?

5. ¿Por qué escoger a la Habana, Cuba, país creador y entrenador de los grupos terroristas, no solo de Colombia sino de América Latina, para que se desarrollaran allá, los mal llamados "diálogos para la paz"?

6. ¿Por qué escoger como países garantes y mediadores a Cuba, Venezuela, Noruega y Chile?

7. ¿Se buscaba un "país neutral", donde hacer el proceso, o un país cómplice?

Creando un poco de desorden en la narración, debo dejar claro que Cuba entre otras cosas, es el país que ayudó a nacer a las Farc, ELN, y otros donde, además, se han entrenado varios de ellos.

No está de más agregar que Venezuela, ya se había convertido en un apéndice infectado, que padece "apendicitis cubana", que bajo el régimen de Chávez se reventó convirtiéndose en una peritonitis narco comunista, que ampara y protege a los grupos terroristas de nuestro país.

No sobra tampoco, dejar constancia de que Noruega, tan distante, tan lejana a nuestro contexto geográfico, a nuestro idioma y quien hasta el momento no había mostrado gran interés por Colombia y cuya pretensión coincidió con contratos para exploración de pozos petroleros en nuestro país, y tal vez para ratificar o para justificar su papel en el "negociado de la paz" celebrado en la Habana, le otorgó' el Premio Nobel de Paz, al que fraguó todo ese montaje.

¿Qué podemos decir de Chile?, cuya presidente para el momento del "negociado" era la social comunista Michelle Bachelet, a quien ya mencioné y cuya trayectoria es más que conocida, sus nalgas aún siguen desparramadas en su silla, sin moverse a pesar de lo que, los regímenes de Cuba, Nicaragua y Venezuela están haciendo, aun en el momento en que escribo estas palabras. Me pregunto sobre las dictaduras que he mencionado, ¿cuántos muertos, presos, migrantes forzados o desplazados, han causado durante los minutos en que estoy escribiendo esto para ustedes?

La pregunta que me sirvió para titular estas inquietudes debe ser respondida por ustedes. Fueron, ¿garantes o cómplices?

QUISIERA SEGUIR DURMIENDO

Son las 3.45 a.m. en la descuadernada Colombia, y yo quisiera seguir durmiendo, como gran parte de mis coterráneos, pero no me fue posible, porque una inquieta neurona, ubicada en la región frontal de mi cerebro, pareciera haberse rebelado; está como loca, fuera de sí y manda mensajes, uno tras otro a todas sus compañeras, sus sinapsis las está irradiando por todo mi cerebro y logró ponerlo en "estado de alarma". El primer mensaje decía: "despierten, ¿cómo pueden fingir que están en ese periodo de higiene mental, cuando nuestro mundo llamado Iberoamérica está en una catástrofe como nunca antes hemos vivido?, despierten, ya cargaron suficientes neurotransmisores, usémoslos para comunicarnos no solo entre nosotras si no con las que están allá afuera, no perdamos la fe, recuperemos aunque sea una parte de lo almacenado hace tantos años y mostremos lo que en nuestro entorno y algo más allá está sucediendo". Créanme, yo tenía ganas de seguir durmiendo, pero fue esa inquieta neurona, la que me hizo sentar frente a este computador; intenté, tal vez un poco cobardemente, decirles a mis otras neuronas: no se dejen, ella y sus seguidoras llevan años tratando de decirnos que casi todo lo que está sucediendo en Iberoamérica, en la política, en sus gobiernos está mal, muy mal, pero ya ella, había logrado despertar a cientos de millones de sus compañeras, así que decidí escuchar y escribir lo que ella y su cada vez más grande número de compañeras nos querían transmitir. Nada fácil, como les dije al comienzo; ella manda millones de datos por segundo y dice que todo es prioritario, que hemos sido perezosos y lerdos, que hemos permitido que aquellos cuyos cerebros están manejados por neuronas enfermas, apestadas, se estén tomando y de hecho se hayan tomado el poder en varias de nuestras naciones; manda tantos mensajes que se podrían ver como relámpagos en una tormenta eléctrica. Repito, no es fácil seguir su ritmo de transmisión; trato de poner orden, sin embargo les pido a ustedes que me ayuden en ello;

ese amasijo de información mezclado con "regaños" como cuando dijo: "no nos digan que no veían venir ésta hecatombe, éste desastre, ¿acaso no vieron tantas señales que claramente repartieron por Iberoamérica?, ¿era acaso necesario esperar a que algunos de los más degenerados seguidores de las "apestosas" se metieran a tantos cerebros?, se tomaran el mando de millones de cerebros y se dedicaran a regar sus teorías narco—socio—comunistas con la misma velocidad con la cual el virus del COVID se escapó de un laboratorio Chino e infectó y asesinó a millones de personas? No, no nos salgan ahora, con que "todo sucedió a nuestras espaldas y no lo vimos", ¿acaso no vieron a algunos cerebros apestados, renegar de todo aquello que por siglos habían defendido?, ¿qué más señales querían?, ¿no era suficiente el ver las ideas tan absurdas que se iban regando por nuestro mundo?, ¿acaso no era evidente que algo estaba mal, muy mal cuando comenzamos a ver que hasta jefes de gobierno de varios de nuestros países se hacen los de la "vista gorda" cuando se aniquilan nuestros principios y nuestros valores?.

Cálmate, mi alarmada neurona, tú y tu creciente número de colaboradoras, a quienes reconozco que me alertaban con mucha frecuencia, cuando en millones de sus transmisiones decían: "algo está muy mal, no puede ser que permitan destruir los templos, que haya países gobernados por cerebros tan primitivos que desconozcan aquello que más nos diferencia de los cuadrúpedos, nuestro lenguaje, nuestro idioma, dirigentes que hablan de "millones y millonas". Es cierto, nos advertiste que hay "líderes" que, para disimular sus aberraciones, abiertamente digan que, "tener sexo con animales es normal siempre y cuando no se le haga daño al animal", es que en el mundo hay muchas clases de animales que equivocadamente o no, son considerados "humanos", la situación es tan aberrante que algunos de ellos adquieren la posición de presidente, de gobernante y eso mi querida, nos debe hacer pensar, ¿en qué condiciones éticas y morales estamos los gobernados por este tipo de sujetos; se trata de "líderes" que no solo maltratan nuestra forma de comunicarnos con los demás, al lesionar nuestros idiomas, sino que además han creado una "aberración jurídica", que trata de hacer ver al hombre universalmente culpable y a la mujer inocente, cuando ambas premisas son falsas y mentirosas, pues no es nuestro sexo el que nos hace "culpables o inocentes".

Claro que nos alertamos todos cuando dijiste: "Ojo que, por ahí andan unos tan dañados por la peste neuronal, que ya dicen que hay un "número indeterminado de géneros en la especie humana" y que ellos mismos no saben si son hombres o mujeres; que algunos se "perciben como culebras, rinocerontes, moscas, mosquitos o como cualquier otro tipo de animal vertebrado o invertebrado", todo eso, mi ahora "admirada y respetada neurona" y mucho, mucho más, tú y tus colaboradoras nos lo habías puesto de presente. ¿Cómo negar ahora, que también nos informaron ustedes sobre el daño que la "Peste Neuronal" más conocida como "Socialismo del Siglo XXI, los Castro Chavistas, que se apellidaron como los "Progresistas", están haciendo en Iberoamérica?; también reconozco que advertiste que la peste en cada país sufrió diferentes metamorfosis, que en varios logró camuflarse entre otras neuronas, a un extremo tal que, ya abiertamente en algunos reconocen que "se nutren del cultivo, procesamiento y tráfico de drogas dañinas para el cerebro humano" y que algunos en su afán de dañar el mayor número de cerebros en el menor tiempo posible, plantean "legalizarlas".

Me consuela y me alegra cuando me dices que tú y tus colaboradoras creen que aún se puede hacer algo y evitar que "la peste" siga expandiéndose y que se puede lograr eliminarla, como se ha hecho con otras tantas pestes que aquejan a nuestra especie humana; pero, que es necesario despertar, reconocer que esa peste existe, el daño que está causando y entonces organizar ejércitos de personas que por éste y otros medios hagan ver la verdad del daño que en cada país el narco — socio — comunismo está causando.

Solo se supera el mal, cuando lo reconocemos; no se procura sanar una persona, una nación hasta que se reconoce su enfermedad y se conocen las consecuencias de ella, y se ve la urgencia de aplicar el tratamiento; en Iberoamérica tenemos muchos dirigentes, presidentes y gerentes, que están "enfermos", del cerebro que solo les interesa robar a sus pueblos y por eso necesitan enfermarlos con sus falsas ideologías porque así pueden manejarlos con más facilidad. Despertemos, hagamos despertar a millones de cerebros y busquemos la vacuna en cada pueblo, en cada nación para acabar o contrarrestar el narco—socio—comunismo que nos ha enfermado.

LA HISTORIA, BAJO CONTRATO

"No saber lo que ha sucedido antes de nosotros, es como ser incesantemente niño": Cicerón, filósofo, escritor, político, gran orador, defensor de la república romana, asesinado por orden de Julio César. Con lo que he escrito en estas treinta palabras, podría explayarme en uno u otro sentido para comenzar a "investigar" sobre la vida de Cicerón y adentrarme en los recovecos que sobre su pensamiento nos traslada la historia hasta el día de hoy, pero no es por ese camino, por el que quiero andar. Se preguntarán ustedes, si no quiere hablar de Cicerón, ¿por qué inició con una máxima suya?, la respuesta es fácil, me gusta lo que el filósofo romano pensaba de lo que la historia era o debería ser; me quedo con las siguientes aseveraciones: "La Historia es el testigo de los tiempos, la antorcha de la verdad, la vida de la memoria, el maestro de la vida, el mensajero de la antigüedad". Muchos años antes de Cicerón(103 — 43 AC) , Catón el viejo(234 —145 AC) el censor, el de los grandes reconocimientos políticos y militares, combatiente contra los Cartagineses en la segunda guerra y precursor de la tercera guerra Púnica, escribió la "Primera historia de Italia", de la que se tenga conocimiento y aunque quienes escribieron sobre Catón lo describen casi como un hombre sin tacha, a parte de sus escritos sobre el manejo de la agricultura, las instrucciones a los soldados, sus más de 150 discursos, hay unos escritos dirigidos a su hijo (praecepta ad filium) que obligan al lector a pensar sobre la subjetividad u objetividad de la historia.

Tomemos uno de los "preceptos" que dejó por escrito a su hijo en el mencionado documento: *"A su debido tiempo Marco, hijo mío, te explicaré lo que encontré en Atenas sobre el mundo griego y demostraré que ventajas pueden residir en sus escritos. Son un pueblo rebelde y sin valor. Toma esto como una profecía: cuando los griegos nos cedan sus obras, nuestro mundo se corromperá, al igual que si envían a sus médicos aquí. Han jurado matar a todos los bárbaros con sus medicinas y cobrar recompensas por hacerlo a fin de que trabajen de forma más eficiente. Los griegos por supuesto nos consideran bárbaros además de sucios y oscos. Te prohíbo ser jamás atendido por uno de ellos."*

Démosle una nueva leída a las explicaciones e indicaciones que Catón el censor, el moralista, le deja a su hijo Marco y vemos que en pocas palabras hace un juicio fuerte, rígido y muy subjetivo, del pueblo griego; les retrata como una nación amoral, corrupta, criminal, incluyendo en esa descripción a los médicos griegos. ¿No es difícil ver que Catón podría estar poniendo en ese juicio, que hace historia, más pasión, que razón? y entonces cabe preguntarse ¿qué tanto de lo mismo sucedió en su libro Orígenes, que narra la historia de las ciudades italianas? Veamos qué pensaba el hombre que escribió en más de 140 libros la historia del Estado Romano y que manifiesta que "no había en la rígida disciplina de la casa Catón, nada que mereciera crítica". creyéndole a Tito Livio podemos ver en Catón, un hombre importante como político, como militar e historiador, es incuestionable todo lo anterior, pero es un hombre, un ser humano con virtudes, defectos, pasiones los cuales, forzosamente hicieron el recorrido desde su cerebro hacia su pluma y se plasmaron en sus escritos. Si trajéramos al presente, el pensamiento de Cicerón, aseveraciones suyas tales como: *"La Historia es el testigo de los tiempos, la antorcha de la verdad, la vida de la memoria, el maestro de la vida, el mensajero de la antigüedad"*, preocupa el aparte: "la antorcha de la verdad", pues resulta complejo poder aceptar lo de la verdad, como un hecho; facilitaría el hecho de que en esos tiempos los historiadores eran personas cultas, con poder económico suficiente para dedicarse a escribir la historia, por considerarlo una necesidad y una forma de legarla a generaciones futuras. Tito Livio dedicó alrededor de 40 años de su vida a escribir sobre Roma; tenía por herencia los recursos necesarios para poder dedicar la mitad de su vida a escribir; no lo hacía por contrato por lo que se permitía escribir lo que él había investigado, lo que había presenciado o lo que personas que gozaban para el de credibilidad le transmitían. Por mucho tiempo los historiadores escribían porque querían dejar las experiencias vividas para que fueran conocidas y utilizadas por las generaciones venideras. Eran en su gran mayoría creíbles, salvo las de aquellos que se dejaron llevar por la fantasía, la fabulación o quisieron intencionalmente dejar plasmadas verdades acomodadas a su conveniencia. En éstos tiempos, las cosas eran a otro precio, pero surgieron los historiadores "bajo contrato", es decir aquellos dedicados a escribir sobre sucesos modificados o lo que es peor, sobre "sucesos, no sucedidos"; suena raro, pero en el cada vez más amoral mundo actual, donde la mentira y el engaño son platos que se sirven con demasiada frecuencia en los comedores de la política, de los gobiernos, sobre todo en aquellos de la izquierda, que suelen dedicarse a debilitar los valores de la sociedad para después subyugarla más fácilmente. A otro precio, porque lo que estamos viviendo en Latinoamérica, nos muestra que la historia se escribe a gusto del que paga el contrato: "el que paga manda". Esta indudable afirmación es tan antigua como cierta, y si salimos de la esfera de la ingenuidad, es sencillo entender que si alguien es contratado y le pagan bien sus relatos deben quedar muy a gusto del "pagador".

"Sabes Francisco, me gusta lo que has hecho, es un gran esfuerzo el tuyo y el de tu equipo, pero hay unos detalles que tal vez por mi afán de ver resultados, sumado a tu cansancio se pasaron y debemos modificarlos; se que llevará tiempo, ampliemos nuestro contrato y mejoremos el valor".

Así, aumentando el valor y los plazos es más fácil organizar las mentiras, así se llega a la "Historia bajo contrato"; en Iberoamérica se han vuelto costumbre, los contratos privados o públicos; es lógico que en la historia de cualquier nación haya un apartado dedicado a sus ex— presidentes, por eso algunos que deberían ser de "ingrata recordación" para sus pueblos, contratan pseudo historiadores, escritores medianamente reconocidos, para que escriban sobre ellos, y así logran convertirse para las generaciones futuras en personajes que nunca han sido, a cambio de "contratos privados" para cambiar la historia.

Asusta más el "contrato público" para modificar la historia, para ocultar verdades, para resaltar verdades a medias que no son más que mentiras y para mentir descaradamente sobre los hechos. Estos contratos hechos con el dinero de todos los colombianos, sin previa autorización nuestra, se maquillan para que los ingenuos los vean como algo normal que conducirá a que se desconozca la verdad de lo acontecido, se le ponen "condicionantes" que mostrarían que no serán usados precisamente para aquello para lo que después resultan siendo útiles; lo más contundente es que el fruto del "contrato" convertido en libros, se utiliza para engañar a las nuevas generaciones y mostrar a criminales como santos y a gente normal como verdaderos criminales.

Estamos en la época, en la que se "secuestran las palabras", se les dá un nuevo significado, siempre a gusto de los secuestradores y eso facilita que a un grupo contratado para modificar la historia al antojo de los contratantes, se le llame: "Comisión de la Verdad" y se presente así: *"Somos una entidad de estado que busca el "esclarecimiento" de los patrones y causas explicativas del conflicto armado interno, que satisfaga el derecho de las víctimas y de la sociedad a la verdad, promueva el reconocimiento de lo sucedido, la convivencia en los territorios y contribuya a sentar las bases para la no repetición, mediante un proceso de participación amplio y plural para la construcción de una paz estable y duradera".* Se trata de una comisión creada por el nefasto ex presidente y premio nobel de paz Juan Manuel Santos, ampliamente conocido por la forma como engañó a Colombia, por la traición directa al hombre que según sus propias palabras "más admiraba y más le debía, al mejor presidente de Colombia", ese mismo que con trucos y se sospecha que con contratos, consiguió destruir el camino hacia la verdadera paz, por donde caminaba Colombia con el ex presidente Álvaro Uribe Vélez y nos retrocedió al terrorismo que ahora vivimos de nuevo y que además, a fuerza de mentiras y se sospecha que de contratos, se agenció un premio nobel de paz, muy controvertido por cierto y que ha traído muchos problemas a la comisión que se lo otorgó.

De un árbol enfermo, no nacen frutos sanos; de Juan Manuel nació la Comisión de la Verdad, creada mediante el Acto Legislativo 01 de 2017 y el Decreto 588 de 2017; se trataba, como ahora estamos viendo, de blindar a las FARC, con total impunidad; como ellos mismos han dejado constancia, un sistema especial de justicia, que siete años después no ha hecho más que exculpar a las FARC y buscar como chivos expiatorios al estado colombiano y a nuestras Fuerzas Militares y de Policía. Para lograrlo, había que facilitar su presentación ante el mundo y para ello se creó la "Comisión" que nos ocupa, que tiene una función real, convertir a las FARC en víctimas y en santos. ¿Quién podría convertirlos en santos, más fácilmente que un sacerdote jesuita, reconocido y muy ambicioso?, ¡nadie!, se necesitaba alguien con algo de carisma, trayectoria y eso sí, ambicioso que pudiera "vender su alma al diablo" y que por un super jugoso contrato hiciera equipo con otros tan izquierdosos como él y le dieran la vuelta a la verdad; quienes tengan dudas, retrocedan dos párrafos y vuelvan a leer, ¿qué es la Comisión de la verdad?, y revisen lo que ha hecho desde que fue creada, si leen con calma y juicio su producto, verán que según ellos, "Colombia no tuvo terrorismo, sino un grupo de jóvenes incomprendidos que fueron maltratados por el Estado".

La mañosa forma de disfrazar la verdad que nos presenta el "padre" Francisco de Roux, ha sido exaltada por su "contratante" y desde luego por el guerrillero del M19 que hoy es mandatario de Colombia, así como por muchos otros de ese mismo talante, eso solo es suficiente para saber que "el contrato" cumplió su función y ratifica que "el que paga, manda", y a de Roux lo escogió el gobierno de las Farc, el del mal llamado "Acuerdo de Paz de la Habana" y es exaltado y aplaudido por sus beneficiarios miembros de la extrema, extrema Izquierda. Su resultado, el resultado de la trilogía de Francisco, Juanma y Gustavo, es lo que de ahí podía salir, la trilogía de la mentira, que cambiará si no lo desmentimos, nuestra historia, haciendo ver como santos a los diablos y como hombres de paz a los más crueles terroristas; es el resultado de: "La Historia bajo Contrato.

No, no fue de un día para otro, la izquierda colombiana es vieja, es anciana, una "anciana importada", que tiene más de 100 años; viene del antiguo Partido Socialista Revolucionario, de aquel comunismo o socialismo de la vieja Unión Soviética, bisnietos de Lenin, aquel que por el año 1.917 impuso su absurdo pensamiento y desde allá, pocos años después, concibió no solo una Europa comunista, si no un mundo que tuviera una sola forma de pensar y de actuar, en el fondo parecía querer "un mundo socialista obediente y sumiso"; esas ideas encontraron eco en los hermanos Castro y en el Che Guevara, que lo llevaron a la Isla de Cuba, con todo lo aprendido de Lenin, Marx y Stalin; ellos entendieron bien que necesitaban "educar al pueblo" en su forma de pensar.

En Colombia, el partido homólogo fue creado en 1930 y fue denominado Partido Comunista, en su afán por mostrarse diferente del original, aquel que llenó los campos de la antigua Unión Soviética, de millones de cadáveres de los opositores del régimen.

El Socialismo no permitió el multipartidismo hasta que se disolvió la antigua Unión Soviética. Fue solo en 1992, en la era de Breshnev, mediante una enmienda a la constitución de 1977, denominada "Constitución del Socialismo Desarrollado", que se permitió la existencia de otros partidos; suena a "tardío" y aun así no estuvo exenta en su implementación de derramamiento de sangre, asesinatos, y torturas que siempre acompañan al Partido Comunista, en todos los lugares del mundo.

El mal se extendió con la facilidad de un cáncer, que sin tratamiento adecuado avanza rápidamente y hace metástasis; así, en 1965 Fidel Castro, considerando que el Partido Comunista de Cuba, que existía desde 1925, creado por Julio Mella y Carlos Baliño, era un "Comunismo impuro", crea el nuevo Partido Comunista de Cuba,

(PCC), bajo el rigor de las ideas de Marx y Lenin. Fidel hablaba de "crear al hombre y a la sociedad socialista desde las bases", por eso el adoctrinamiento, llegaba por diferentes vías, todas coordinadas desde los congresos y el Buró político: educación desde todos los niveles, medios de comunicación, organizaciones sociales, sin faltar desde luego las organizaciones encargadas de "eliminar a los disidentes y todo aquello que impidiere o estorbare la implementación del socialismo puro en la Isla".

En Colombia, los primeros dirigentes comunistas, no se tomaron ni siquiera la molestia de adaptar las ya viejas ideologías, con sus teorías externas y ajenas a la realidad de nuestro país, sino que las "insertaron" en forma rápida y sumisa; así fueron naciendo y creciendo en forma desordenada, como productos de cromosomas truncados, una serie de grupos y sindicatos cuyos pensamientos siempre iban enfocados a ver a la empresa, al capital como un enemigo que había que destruir; de esa forma de pensar adoptada y pulida por los Castro, a la cual le suman el pensamiento de Mao, surgen en Colombia, partidos y sindicatos obreros, de los cuales el más representativo es el MOIR y poco después FECODE.

El cáncer socio comunista, comienza su invasión por dos frentes, el obrero y el estudiantil, eso no es nuevo, no se inicia ni mucho menos con las FARC—EP, con la determinación del extinto Mono Jojoy cuando dijo: "ahora nos vamos a las ciudades, a las escuelas y a las universidades", ya que esa determinación de "educar al pueblo en socialismo" está implícita en la esencia misma del comunismo, pues necesitan que los niños desde pequeños comiencen a ver como solución, los desastres que ellos mismos crean en las distintas naciones, donde de una u otra forma llegan al poder.

El Pacto Histórico, es en mi concepto, el nombre adoptado por el nuevo partido comunista colombiano, el cual tendría presidente de la república por primera vez el 07/08/2022, pero como socio—comunismo ha tenido a Ernesto Samper, disfrazado de partido Liberal, miembro del Foro de Sao Paulo, defensor de las narcoguerrillas y con un pasado turbio que deja mucho que desear; más adelante llegó con posible fraude electoral el nefasto Juan Manuel Santos, que irónicamente, pero en forma muy astuta se hizo a un premio Nobel de Paz y dejó armado todo el entramado necesario para que su pupilo, el ex guerrillero del M19 Gustavo Petro fuera "elegido" también con marcada sospecha de fraude.

Ya se escuchan lamentos y hasta llantos, con solo conocer que Petro, el que les había dicho unos días antes de elecciones que, "no haría nada de lo que llevaba tantos años promulgando", ahora electo y sin siquiera posesionarse, dejó caer su última máscara, y mostró que haría exactamente lo que antes manifestaba que no iba a hacer, una Constituyente.

El cáncer pleomórfico y metastásico que tiene invadido a Colombia con células del narcotráfico, terrorismo y células indiferenciadas de Socio comunismo, requiere un tratamiento con "todos los medios necesarios", de nada sirve ahora un buen diplomático, un excelente economista, profesor universitario, tampoco sirvió antes, porque su extremo centro olvidó totalmente la *Seguridad Democrática* y esa es una de las causas de lo que estamos empezando a vivir o más bien a padecer en Colombia; ahora el tratamiento debe ser curativo, de forma que elimine el cáncer o Colombia será definitivamente un país inviable y fracasado.

Cada colombiano debe tener claro que si no "hacemos lo necesario", seremos una nueva Cuba, Venezuela o Nicaragua y esta vez sin en-gaños, se debe pensar en lo que va a hacer, pues si con un gobierno de centro, o de extremo, extremo centro como se bautizó después de elegido Iván Duque, lo que hicimos fue poco o nada; ahora que tenemos el gobierno de extrema, extrema Izquierda, la pregunta es: ¿haremos "algo", o lo haremos mejor?, ¿ sirve para este momento de nuestra historia un gobierno de esos centro—tibios o necesita-mos un gobierno de derecha—derecha?.

TERCERA PARTE

MISCELÁNEA

VIRGINIA DE CHURRUCA

Te presento mis disculpas, un poco tarde, 54 años después de que, a mis amigos, a mí y a otros 198 viajeros nos transportaste, con mucho señorío, desde Cartagena hasta Barcelona; después de tantos años, te confieso que en mi memoria por muchos años, fuiste una "elegante viuda", no sé por qué, siempre pensé que eras el yate "Viuda de Churruca"; por años creí que ese era tu nombre, confieso que aquella imaginaría viudes tuya, le permitió a mi imaginación verte de varias maneras, hermosa trigueña de pelo negro con una cara fina de delicados rasgos, de ojos tan negros como el carbón, que tenían la propiedad de cambiarse a tu conveniencia al color del café a medio tostar, ojos negros o cafés, eras una trigueña muy hermosa, ahora que he vuelto a pensar en ti, mi admirada "viuda", no sé si te hubiera gustado ser trigueña, pero no te preocupes que, varios minutos o segundos más tarde ya no lo eras y te convertías en una despampanante rubia de ojos color esmeralda, de cuerpo esbelto y caderas sinuosas, eso eras para mí; curiosamente nunca fuiste negra y no por nada diferente a que estamos hablando de 1970, eras una viuda española y para la época la península no había sido invadida por los africanos; eso sucede ahora que España y casi toda Europa, cuya población sufre una enfermedad rara que se caracteriza por no querer tener hijos, algo que aún no sabemos si es consecuencia de impotencia física o de carácter mental; eso Virginia es complejo, porque se acompaña de mucha sintomatología que en éste momento no vamos a tocar, solo te digo que, si un viento fuerte y frio que proceda de los Pirineos no se extiende por toda Europa, mis parientes y muchos más van a pasar mucho trabajo porque el aíre que ahora respiran viene en sua gran mayoría del Sahara; entré en ese tema solo para que comprendieras porque nunca te imagine negra, en cambio quiero que sepas que muchas veces te imaginaba bailando en el salón de la primera clase, con todos los caballeros extendiéndote la mano, con la consabida frase de "¿señorita me permite este baile?"; debo confesarte que como eras viuda, yo también hice fila para bailar contigo, fila que me causó frustración, porque recuerdo bien, viste mi mano extendida más de una vez, pero siempre te decidiste por los señores acartonados, algunos con charreteras, otros con ridículos corbatines que hacían que yo me burlara y así compensaba tu "viudo desprecio"; me apena porque sin serlo tú, yo te volví viuda, eran esos años en los que yo tenía entre 19 y 20 años y si eras viuda o no, importaba poco, para mis compañeros de viaje.

Para mi lo importante era embarcar, cada quien con sus motivos y razones a cuestas, algunos con peso liviano, otros tal vez se sentían como debe sentirse un galápago o pequeña tortuga de ciénaga, cuando algún descuidado le coloca la caparazón de una gigante tortuga de mar, pesados, abrumados, con ganas de sacudir el caparazón, así contigo en calidad de viuda transcurrió el viaje y pasaron muchos años, hasta que un día cualquiera revisando en el escaparate de los recuerdos y trayéndolos a estos tiempos, encontré que eras "Virginia de Churruca", de la centenaria Flota Trasatlántica Española; me avergoncé por enviudarte, me dije, debo disculparme con Virginia y hoy llegó el momento y en recompensa, busqué algo sobre ti, y te dedicaré unos renglones en éste oficio de buscar y narrar el pasado.

Antes de entrar a hacerte un "reconocimiento" quiero decirte que hay cosas del alma que no se olvidan, es decir no se recuerdan porque están siempre ahí, tienen un sitio que no se puede modificar, que no se diluye con el tiempo y por el contrario, el tiempo te hace ver en forma tan clara, como si estuviera en presente; la imagen de mi mamá y hermanos en el muelle de Cartagena despidiéndome, el barco alejándose, se suma a lo que el tiempo hace que consideres, hace que pienses cosas que la fiebre de la juventud no te dejaba ver, solo pensar que mi madre muchos años atrás vivió un momento igual al venirse de Italia en un barco, debió hacerme pensar cómo se sentiría al ver partir hacia Europa a su hijo, al menor de los varones; ¿cuántos pensamientos y sentimientos se agolparon en su alma?, nunca es posible medir los sentimientos, hasta narrarlos es difícil, creo que la juventud hace ver el mundo de diferentes maneras y los años te hacen pensar mucho sobre lo que ya está hecho y pensar tardíamente en varias cosas; entrar en este camino es difícil y es mejor volver a aquellas cosas que quiero narrar.

Lo primero es decirte que me inquietó tu nombre; ahora sé que naciste de parto gemelar en los astilleros de Unión Naval de Levante, y fuiste parida en la bella Valencia, como dato muy curioso para mí, probaste el sabor del agua salada el mismo año en que yo nací, 1949; que cosas tiene la vida, averigüé que tú y tu gemelo de inició, fueron bautizados con otros nombres y que tu primer nombre fue "Conde de Argelejo", después en 1.952 te vendieron, como se hacía con los esclavos y te compró la Trasatlántica Española y te volvieron a bautizar como "Virginia de Churruca" en honor a la marquesa de Comillas y condesa de Güell; hasta ahí Virginia vamos bien, pero en 1.973, te volvieron a vender y a cambiar de nombre, eso no me gusto, tengo derecho adquirido a conservar en mi memoria tu nombre, Virginia, siempre Virginia y para ti y para mí, olvidemos al Churruca.

Virginia, mi viaje y el de algunos amigos fue muy placentero, doy fe que, aunque había olas que te querían tragar con nosotros adentro, la mayor parte del viaje fue tranquilo y sereno; con nosotros te portaste muy bien, ¿entonces porque te volvieron a vender?, ¿acaso por rutina, eras mal portada y con nosotros hiciste una excepción?, me preocupa porque veo que la tendencia ahora es que los grandes bandidos que han robado de éste lado del océano, suelen llenar sus cuentas bancarias al otro lado, cargar con varias maletas e irse a "vivir sabroso" a Europa y que de allá hacen lo propio todos los bandidos, eso es la moda del siglo XXI, ya no se llevan esclavos de un continente a otro, ahora se envían "políticos ladrones" de un lado al otro, espero que tus varios nombres no hayan sido para camuflar cosas que no debías transportar.

En nuestro viaje nos hicieron creer el cuento que a "los mal portados", los encerraban o aprovechaban la oscuridad de la noche y los tiraban a los tiburones, pero no lo digerimos, así que algunos jóvenes de la clase Turística estábamos pendientes de que grumetes u oficiales, se apartaran de la escalera que nos separaba y colarnos en la primera clase, donde se gozaba de algunas ventajas.

Reconozco que me gustaban las "aventuras", y con tantas chicas que iban en nuestra "clase turística" mi corazón o mi loco interior, se enamoró de una que abordó en la Guaira — Venezuela, lo cual me complicó el viaje, porque o yo subía o ella bajaba a nuestro piso de "turistas" y cada rato encontrábamos quien nos llamara la atención. Agradezco al sacerdote que compartía conmigo camarote, que se limitó a decir, "están locos" y se perdía del camarote, Dios lo conserve bien.

En esa travesía, venía mi amigo Orlando, quien también disfrutaba su viaje; un día, alguien nos dijo que arriba jugaban naipes; nos colamos y hasta nos sentamos con ellos, nos ganamos algunos dólares, para nosotros 20 o 50 dólares, eran un buen dinero. A todas estas, ya esa chica a quien le pondré por nombre, Aurora, era como mi novia oficial; menos mal que ni el cura del camarote, ni el del buque, nos quisieron casar, como pretendía Aurora, que tenía miedo de lo que de ellos pudieran pensar, en eso me incluía a mí, cuando poniendo cara de niña traviesa me preguntaba "tú, ¿qué pensarás de mí ahora?".

Matrimonio sin haber llegado al país donde iba a estudiar, era fracaso seguro y además era mi segundo matrimonio, porque el cura de mi pueblo y mi Papá, al verme tan enamorado a los 6 años, de una señora que trabajaba en la Caja Agraria del pueblo, me "casaron" con ella.

En fin, de la Guaira fuimos a Curazao; muchos aprovecharon para dormir en bancas, porque no se bamboleaban y pararon de vomitar.

De nuevo gracias, Virginia, porque a Aurora y a mí, no nos pusiste en la lista de los que ibas a marear, así que la pasamos bien en todo el viaje.

Compré algunas cosas, recuerdo mucho una "grabadora, de esas que reproducían cassettes y era radio también, toda una maravilla de la tecnología de esos años; un compañero de la universidad se enamoró de mi grabadora, no de Aurora, quien para los tiempos de la venta, ya no era mi novia; se la vendí, ganándole tanto, que me hubiera gustado regresar al puerto y comprar muchas de ellas, nunca se sabe, podría haber sido el inicio de un gran negocio, vueltas da la vida en muchos sentidos, pero estaba decidido a ser médico.

Se que leerás esto Orlando, por eso te pregunto si te acuerdas de Santa Cruz de Tenerife, y su belleza; todo lo que ahora pueda decir es poco, recuerdo que Aurora y yo pensamos, aquí también se puede estudiar y me acerqué al tercer oficial, quien se creía nacido del ombligo de alguna reina, pretencioso y de corta estatura, que lo único que tenía para mostrar era su uniforme; cuando le pregunté, si podíamos quedarnos, en un tono de esos que "embejuca" a cualquiera, nos dijo: ¿vosotros qué pensáis, qué vais en un bus?.

Gracias, tercer Oficial, por esa respuesta, pudimos seguir a Cádiz; tengo algo de confusión en ello, Orlando, ¿fue Cartagena o efectivamente fue Cádiz lo que visitamos antes de la ciudad condal?

Por fin llegamos a Barcelona, ciudad imponente, con su Cristóbal Colón apuntándonos con su dedo; mi primer regaño, por no saber pedir un café y haber pedido un tinto, eso nunca lo olvido y el final de mi amor de travesía, aunque sonaría mejor "amor de verano", para que suene a canción; en todo caso, en buque o yate, la vida tardó más de 45 años en invitarme a otro viaje, pero no de tantos días, que en total fueron diez y ocho con sus bellas noches.

El otro viaje que acabo de mencionar fue exquisito en todas las acepciones de la palabra, de Nápoles a la costa Amalfitana, en mi amada Italia; fue un paseo de esos que sueñas y de cuyo sueño, no se quiere despertar, esos que hacen que despertar no sea placentero. Desde luego, las neuronas se sacudieron y me recordaron que también viajé de Argentina a Uruguay en un ferry o buque—bus, viaje en el todo fue fantástico, y está también guardado en los "recuerdos que no se quieren perder".

Descansemos, Virginia ha tenido un largo viaje, Aurora sabrá Dios dónde andará; Orlando muy juicioso se va a Galicia; yo, después de un viaje a Zaragoza, también llegué allí y en Santiago de Compostela, me pregunta, ¿oye, Jose, tú adónde te metiste estos días?, esa pregunta Orlando te la responderé otro día, pero haz memoria y recuerda que a Santiago llegué solo, otro día hablaremos de ello. ! Gracias Virginia!.

LUDOPATÍA: ¿SE PUEDE SALIR DEL INFIERNO?, ¿QUÉ QUEDA DE TI EN ÉL?

Muchos psicólogos, psicoanalistas, psiquiatras, neurólogos, neuro-cirujanos, abiertamente dicen que no; otros más moderados, seña-lan que es posible, sin embargo, los que sostienen que es imposible salir del infierno, muestran imágenes del cerebro de las personas en estado sano y a renglón seguido, muestran las imágenes de los que allí se encuentran, desde luego con cambios que hasta un lego en la materia puede notar, eso me creó una gran inquietud y comencé hablar con mucha gente, unos más estudiosos, unos más inquietos, otros más tranquilos, a quienes el tema parecía no importarles, de esos que dicen, "eso no va conmigo, ni con mi familia", pero seguí preguntando.

Una tarde cualquiera de esas, que a plenas cuatro de la tarde, aún se está a más de treinta y dos grados centígrados, de esas que mez-clan inexplicablemente, la frescura de las brisas del río Magdalena, que por un lado alienta y estimula, con el calor de un sol, que parece seguir calentando más de lo debido a esas horas; en una tarde así, me encontré a Bernarda. Hacía por lo menos seis años que no nos habíamos visto; una amiga sincera, trabajadora y también, debo de-cirlo, una hermosa trigueña de ojos garzos y cuerpo de guitarra; ha-bíamos estudiado juntos una especialidad, en el campo administra-tivo de nuestra profesión.

Bernarda, una colega "echada pa'lante", que parecía tener "azo-gue" en sus rodillas, por lo que, ni en el salón de clases estaba quieta, por eso le solía decir: tú debes tener el "baile de San Vito"; se lo decía en broma, porque su afán de moverse, nada tenía que ver con la enfermedad de Huntington y además, su memoria era prodigiosa.

Ella se había ido a trabajar a un pueblo cercano a Barranquilla, así que teníamos mucho de qué hablar, y la invité a comer helado en uno de los sitios más conocidos en la ciudad. Allí, helado en mano, le conté algunas cosas mías; me preguntó por mi familia e igualmente lo hice yo, y pasamos a ¿tú dónde estabas?, ¿estás de gerente de alguna IPS (Institución prestadora de Salud) ?, me contestó casi llorando: "Ya no".

Siempre la conocí como alguien alegre y optimista; verla, así, como "achantada", me hizo preguntarle: ¿Qué te pasó? y su respuesta fue: "Duré casi un año en el infierno"; por unos segundos quedé en silencio: ¿El infierno? ¿Qué carajo era eso?, inquieto, le pregunté: ¿Cómo así que en el infierno? Ella, con seguridad, aunque con voz temblorosa, bajando la vista, me dijo: "*Amigo, comencé a ir a un casino, y jugaba con mucha alegría; observaba cómo unos se ponían tan alegres que pegaban gritos cuando ganaban, pero ahora me pregunto, ¿por qué no me fijé nunca en los que perdían?*

Así comenzó mi amiga a contarme sobre su estadía en el infierno, y ya recuperando un poco de la Bernarda que yo conocía, me contó: "*Esta historia es larga, te la cuento toda, pero, con dos condiciones: tú me invitas cada día que tengamos tiempo a almorzar y me prometes que algún día narras mi historia, porque como ves, es de final feliz, muy distinto a todo lo que hayas oído hasta ahora*".

Le contesté a mi amiga que podíamos almorzar en casa, con mi familia, y me dijo que no, que con mi familia iría más adelante, cuando llevara siquiera un año trabajando en un "Paso" del sistema de salud de Barranquilla; entonces, quedamos en encontrarnos y dedicar, por lo menos tres horas los sábados, para que me contara toda su historia.

Hoy mi compromiso con Bernarda es una de las razones por las que he vuelto a sentarme frente al computador; comenzaré a contar su historia, su paso por el infierno, pero con la alegría de saber que la historia no acaba con suicidio ni nada por el estilo, y desde ya les adelanto, sí se sale del infierno.

Les contaré o más bien, les trasladaré en mis palabras, lo que me ha contado mi amiga; tengo muchas de las anotaciones que ella misma me decía que no fuera a dejar por fuera, y se las pondré a disposición en el cuento que aún no sé cómo titular, pero que, a solicitud de Bernarda, debe hacer referencia al "Infierno", pues está ahí, sabe cómo atraer y debemos estar atentos para no entrar en él.

Bernarda tuvo "un mal", no fue el de San Vito, ni tampoco un mal de amor, fue algo que la hizo atravesar las puertas del infierno, pero como pocos, lo hizo dos veces, entrando y saliendo; tuvo los ovarios necesarios, para decidir quedarse afuera, ya conocerán cómo se las arregló para hacerlo.

Es sábado y salgo a su encuentro, nos acercamos y después del abrazo, le digo rápidamente, para evitar cualquier reproche de su parte: "Bernarda, querida amiga, no creas que he tomado a la ligera tu historia, es que aunque suene raro lo que te voy a decir, lo que viviste, de lo poco que me has contado hasta ahora, veo algo que tiene tanto de sencillo, cómo de complejo y aún no sé cómo debo titular esta primera entrega, lo único que tengo claro es que la palabra que más repetías, "infierno", va porque va a lo largo de toda la narración, que amable y desprendidamente me has pedido que cuente. Es claro que, puede que haya un infierno después de la vida, pero hay uno o muchos infiernos, antes de morir, de esos, tratará y buscará mostrar un poco sobre ese sitio y lo que queda de ti en él, cuando logras salir.

¿Por qué hablar del o de los "infiernos", y no hacerlo, mejor de lo bueno, del "cielo" o los cielos que también hay en esta vida?, Mi amiga fue clara en decir que, aunque es más difícil narrar lo desagradable, puede que sirva para que alguien evite cruzar esas puertas. En fin, quienes lean esta especie de reflexión, serán quienes sepan si haberlo escrito, sirvió para algo más que para conocer el "monólogo depurador" de mi amiga Bernarda, que, llevado a lo físico, hace algo así como un lavado intestinal, pero para su cerebro.

Estoy seguro de algo: escribir sobre el infierno, hará que, de su permanencia en él, quede algo más positivo que la restauración de las cicatrices de primero, segundo y tercer grado que le produjeron las llamas en el cuerpo y en su alma. Sé, mi amiga, que te inquietó el nombre o título que le puse a tu historia, sobre todo porque no te lo consulté, pero recuerda, que me dijiste *"Cuéntalo a tu estilo"*, y agregaste: Lo *haría yo, pero no me gusta escribir"*.

Por coquetería femenina, no quieres que diga tu edad, pero para que sea más fácil entender tu historia debo decir, que eres unos años menor que yo, que nos conocimos mientras hacíamos una especialización en el área de la salud. Nos hicimos amigos porque eres una persona alegre, agradable y recuerdo que, el primer día me dijiste: *¿vienes a estudiar o tu nos das el curso?* Me caíste bien, varios pensaban lo mismo, pero tú lo preguntaste, buena por esa, porque desde entonces fuimos creando esta amistad; por eso te digo que no entiendo, por qué esperaste tanto para contarme lo que te estaba pasando, tal vez yo podría haberte ayudado.

Era sábado, casi medio día, así que no fuimos a comer helado, sino que aprovechamos para almorzar juntos, fuimos a un gran centro comercial, y comimos unos creppes; yo, de carne de lomito, y ella de pollo. Retomamos nuestra charla. Desde que hablamos por primera vez de este espinoso tema, tenía una pregunta y era el momento de formularla: ¿Cómo llegaste a las puertas del infierno? ¿Qué te impulsó a entrar?

Siempre me han gustado los retos. En el colegio y en todas partes siempre quería ganar en todo, y creo que siempre lo lograba. Cuando estudiaba bachillerato, me encontré con una familia que era amiga de la mía desde hace muchos años. Son "turcos", bueno no sé si son de Turquía, sabes que a todos los de esos países, les decimos así. A ellos les gustaba reunirse en familia a jugar cartas por las tardes y uno de ellos hacia el bachillerato conmigo, me invitaba y con frecuencia yo iba, y fue así como me fui aficionando al juego. Decían siempre: "Berna, tú tienes suerte, siempre ganas". Jugábamos como entretenimiento y apostábamos granos de maíz, siempre tenían maíz, porque uno de ellos, tenía en el patio de la casa, uno o dos "gallos finos, de pelea".

Animada, sigue Bernarda diciendo:" Siempre *pensé que uno de ellos vivía enamorado de mí, yo tenía unos 15 años, él era un poco mayor, pero cobarde, porque no fue capaz de "echarme el cuento", o tal vez era idea mía, lo cierto es que andábamos juntos en el colegio, me llevaba a su casa y era el más atento conmigo.*

"Los granos de maíz nos aburrieron pronto y decidimos dejarlos todos para los gallos o para que los cocinaran e hicieran arepas o peto con ellos; comenzamos a jugar con monedas o billetes de poco valor, porque éramos estudiantes, y orgullosa me dice, casi siempre yo les ganaba. Ahora me pregunto: ¿de esos inocentes juegos quedó registrado algo en mi cerebro? No sé".

Mira, en la universidad, algunos jugaban y me invitaron muchas veces, pero tú sabes que, en medicina, por lo menos antes, no había tiempo para eso. En el año rural, en el pueblo, había grupos de amigos que jugaban, pero yo casi nunca participaba.

Bernarda recibió una llamada y me dijo: *Tengo que hacer un reemplazo*, pedimos la cuenta, la cancelé y salimos con el compromiso de volvernos a encontrar en dos o tres días.

De nuevo ahí estaba ella, la saludé, sobra que te diga Bernarda, que cada vez que nos vemos, me alegra y desde que iniciamos tu historia, espero ansioso que me nutras, para tener material y seguir, así que amiga, siéntate y me cuentas, cómo fue que entraste al infierno, qué viviste dentro de él y cómo te las arreglaste para salir de él, tengo mucha curiosidad; ella, con algo de timidez, reinició su historia:

"¿Has visto en las películas, cómo presentan de atractivos los casinos, sus luces y la atención que te brindan? No puede ser de otra forma Jose, por *eso una noche que pasé por el frente, las luces y el movimiento de personas en la puerta me llevó a entrar, me acerqué a su mecanizada puerta, no sin antes recibir un saludo del portero, un amable, "buenas noches señorita, siga por favor y que tenga mucha suerte". Eso hice: seguir, y aunque lo había visto en películas, me pareció todo "muy atractivo", con gran cantidad de luz, personas de buena presencia uniformadas, dispuestas para atenderte.*

"Ya había pasado las puertas del infierno, adentro no había candela, fuego o cualquier otra cosa, que te hiciera salir corriendo de allí; no, nada de eso, ese es otro tipo de infierno, acogedor, con personas amables, que a los pocos minutos de saludarte, te ofrecen algo de beber, te preguntan tu nombre, y de ahí en adelante ya todos sabían que me llamo Bernarda y que me gusta el whisky con abundante hielo y algo de soda".

Después de unas dos vueltas por el salón, me detuve frente a un grupo que jugaba ruleta, veía los rostros alegres de uno o dos que recibían fichas multiplicadas, porque ganaron; miré un buen rato hasta que me cansé de estar parada, vi el aviso que anunciaba: "las sillas son para los jugadores", y pensé, la administración tiene claro quienes sostienen y producen ganancias al negocio. Me quedó claro que de diez veces que rueda "la bolita de la suerte", en la mayoría de ellas se escuchan expresiones lastimeras, como esos, "ohhh, estuvo cerca, esta no es mi noche" y muchas más, que se repetían una y otra vez. Estuve diez o quince minutos más, viendo cómo la diabólica bolita dejaba de vez en cuando que alguno explotará de júbilo, mientras la mayoría, con sus lamentaciones, abrigaban la fallida esperanza, de ser ellos los que gritaran de alegría; José, viendo esa ruleta, pensé que hasta con las matemáticas que sabe un bruto como Maduro, se da cuenta de que la sola ruleta podría sostener y dejar ganancias al infierno.

Las conversaciones, me decía Bernarda, como si en ese momento las estuviera escuchando, si las pudiera uno grabar, darían para uno de esos cortometrajes o para una película de dos o más horas del género del suspenso y terror: *"ves aquel señor delgado, de bigote mal arreglado y mal vestido, ese con cara de enfermo crónico?, si lo hubieras conocido, hace dos años, hoy no lo reconocerías, pues es de las "mejores familias" (interpreta, de los más ricos de la ciudad, porque aquí se les llaman, de las mejores familias, no importa que se maten entre sí, que sean delincuentes, eso no cuenta en esa sociedad);* ese señor, continuó contándome Bernarda, *ha sido rico desde niño pero, su abuela murió hace pocos años, era del top de los 10 más ricos, y de las mejores familias; su abuela dejó edificios, casas y dicen sus conocidos que finca ganadera y un gigantesco cultivo de palmeras de coco.*

Con tono un poco triste, con expresión de estar reviviendo lo que me contaba, como si fuera de su propia familia, continuó: *tal vez la abuela nunca pensó, ¿adónde iría a parar esa riqueza?, porque dicen aquí que los herederos de esa fortuna, son los habitantes más asiduos del infierno; es cierto, nadie sabe para quién trabaja, por eso, esa máxima le da sentido a otra que dice: "disfruta en vida lo que trabajaste, no les dejes problemas a los que quieres", en este caso es una gran verdad, entre los hijos y nietos, ha sucedido de todo, viven en una cruenta pelea por lo que trabajaron "los abuelos" y como si no fuera eso suficiente, Chicho, como "cariñosamente" lo llaman aquí en la ruleta número dos, más de una noche ha dejado de 20 a 30 millones de pesos y cuando esto sucede, el diablo, que "maneja todo" aquí adentro, hace que el sea un poco feliz y pegue varios gritos y golpee con alegría la mesa, salte de emoción, porque ganó 5 millones, que alegría.*

Oye, le dije yo, ¿pero acaso, ese no fue el que perdió 20 millones la noche anterior? *Si, así es, pero vieras, la alegría de "Chicho", es mucho más grande que la de un niño que le entregan el juguete que siempre había soñado tener, su trencito eléctrico, así es la vida, pero a este personaje del momento, le hubiera ido mejor si, el casino, con recursos propios, le hubiera regalado un "trencito eléctrico"; pero el casino no iba a gastar unos cincuenta mil pesos en comprarle regalo a "Chicho", prefirió devolverle 5, de los 20 millones que había perdido la noche anterior, para que saltara de alegría y la noche siguiente fuese el primero en llegar y ansioso "ayude a abrir las puertas".* Bernarda se sintió cansada, me dijo: *"Tengo mucho para contarte, pero tu escoges qué públicas y que no, esto puede hacerse eterno".* Acordamos nuestra próxima reunión y descansamos.

Nuevamente me encuentro con Bernarda, ¿Cómo estuvo tu semana? le pregunto, *"Pesada, llena de temores, pero Jose, ¿me llamaste por algo especial?, sabías que hoy nos reuniríamos, ¿por qué la prisa?* Te llamé porque quería comentarte: tres personas me han llamado, dicen que de lo que sucede en el infierno, no se acaba de hablar nunca, pero lo que más les interesa es ¿cómo te las arreglaste para salir de él?; un poco afanada me contestó: *"sabes, amigo, tienen razón, déjame acabar esta malteada y te cuento".*

Bernarda, cuando hablamos del tema por primera vez, tú me dijiste *"Se puede salir del infierno",* y esa frase es impactante e importante, allá quiero que vayamos hoy. ¿Cómo hiciste para salir del infierno?, ella sonrió algo picarescamente y me dijo: *"aunque me pica la lengua para contarte más de lo que vi y de lo que sufrí en el infierno, quiero darte gusto y darle gusto a quienes tú trasladas mi historia, que, aunque estuve en él poco tiempo, ahora, me parece largo y desgastante".*

Respiró profundo, como si quisiera quedarse con todo el aire para ella sola, segundos después, con mucha lentitud, dejó escapar una gran cantidad del aire como si hubiera decidido que los demás, también teníamos derecho a una parte de la atmósfera. Fue como un suspiro de esos que se les escapan a los enamorados, cuando se separan en un puerto, y saben que lo más probable es que se cumpla aquello de, amor de lejos es amor de pendejos.

Su estado de ánimo, se notaba bien, sonreía con alguna frecuencia, aunque creo que, en esos días no le rondaba ningún cupido y que ese suspiro era para tomar aliento y dedicarse a hablarme sobre, ¿qué es la adicción llamada ludopatía? y cómo toda adicción, tiene mucha gente que te dice que no se puede dejar; al entrar en el tema, mostrando su desacuerdo con el pesimismo reinante, hizo en voz alta una pregunta: *¿Con qué bases lo dicen que los adictos no tienen cura?*, y mostrando algo de inconformidad agregó, *¿acaso muchos marihuaneros de la época del "hipismo", que ocuparon las más altas dignidades, altos cargos en el poder o sobresalieron en las letras y en el arte, ¿no dejaron de consumir?*.

Parecía hablar consigo misma cuando expresó: *"los científicos deben comenzar por preguntarse, ¿Qué había de diferente entre quienes dejaron la marihuana a un lado y los que se "perdieron" en ella? Eso, Jose, eso es lo que muchos psicólogos o médicos, terapeutas, deberían preguntarse, en vez de enterrar más a sus pacientes con sus tesis pesimistas.*

Mi Colega, estaba entusiasmada, quizás porque esa era la pregunta que quería desde el comienzo contestar; me hablaba atropelladamente y le dije que fuéramos con calma, pero ella está muy segura de lo que sostiene y yo notaba, que quería "soltar" toda su forma de ver esto, tan aprisa que iniciaba de una forma, y al segundo, me decía, *borra eso*, yo borraba mi apunte y comenzaba de nuevo.

Por momentos sentí como si estuviera en alguna conferencia sobre adicciones, sobre todo cuando muy serenamente, hablando como si acabara de pasar una tormenta y se sintiera segura, dijo: *"creo, amigo, que lo primero es reconocer que tienes "un problema, una enfermedad".* Oye, me decía como convenciéndome, *¿quiénes se mueren más de enfermedades cardiovasculares, los que se resisten a aceptar que están enfermos o los que te dicen, doctor qué debo hacer ahora?*, ella ni esperaba, ni necesitaba la respuesta, esta cae por su propio peso, los primeros conocen mucho más rápido lo que hay detrás de esta vida.

Entonces arremetió, *lo primero, si el enfermo, no reconoce su enfermedad, vivirá y perecerá con ella y muy probablemente, por ella.* En eso, Bernarda fue muy contundente y yo pienso igual que ella. Después de otro profundo suspiro, continuó diciendo: "*Segundo, mira no nos engañemos, en tu consulta, le has escuchado decir a más de un enfermo crónico: "doctor, a mí, me da lo mismo, no tengo a nadie, ningún interés en seguir vivo*"; no fue necesario que terminara ese planteamiento, una vez más, tiene la razón: el paciente no solo debe reconocer su enfermedad, sino que debe tener razones poderosas para luchar contra ella, querer vivir, ser libre, esa es sin lugar a dudas la *segunda* condición para superar una enfermedad.

Cuando uno oye, a un paciente decir: "no tengo a nadie, no tengo razones para vivir", siente varias cosas, y una de ellas es que imperiosamente "debe hacer algo por él", sin embargo cuando uno mira el reloj y piensa, ya casi se nos va a acabar el tiempo, entonces, es cuando uno odia la limitación del tiempo, porque esa consulta requiere mucho más, hay que ganar la confianza del paciente y entrar en materia, pero se cumplen los criminales 20 minutos y lo que terminas haciendo es remitirlos al psicólogo o al psiquiatra, sin poder siquiera escucharlos y muchas veces el paciente no cumple con la remisión.

Lo segundo, insiste Bernarda, *es tener "una razón para vivir", la más fuerte, la salvadora, suele ser la familia y eso, hoy en día, con tantas familias disfuncionales, suele ser complicado; mira, lo he visto en otros, llamaban a sus familiares y parecían decirles con desesperación, "sáquenme de aquí", como cuando en el mar alguien se está ahogando y saca los brazos con esperando que alguien los agarre; en este caso, José, "la familia es el más grande apoyo".*

Bernarda me dice: "*yo por momentos quisiera ser psicóloga o psiquiatra, para dedicarme a esa enorme población y estas serían mis tres primeras preguntas: ¿te sientes enfermo?, ¿quieres sanarte?, ¿tienes familia?; y después les pediría, en la próxima consulta, que debe ser muy pronto, vengan con parte su familia, ojalá con aquellos en quienes más piensan, cuando quieren salir de ese infierno.* Me pide algo Bernarda y es que resalte mucho dos puntos: "la *voluntad del enfermo para sanarse y el apoyo de la familia*", porque dice son los pilares para lograr el cometido.

"Si reconoces el problema, si tienes voluntad, ganas, coraje suficiente, continúa mi amiga, un poco exaltada, *te garantizo que, si a eso le sumas el apoyo, el amor y mucha fe en Dios y en ti, los libros y los científicos, pueden decir lo que quieran, pero "Se Sale Del Infierno"; José, yo lo padecí, por eso me había apartado de ti y de todos y mírame ahora, soy normal y hasta creo que mejor persona que antes.*

Me emocioné, le creo, porque cada vez más la medicina se basa en evidencias, y ella era para mí, la más grande "evidencia". Viendo todo esto, creo que la fórmula para curar la ludopatía debería llamarse: "Tratamiento Bernarda"; cuando se lo dije, se echó a reír y me dijo: *"José, muchos, lo han logrado, como en otras adicciones; te garantizo que, si falla alguno de los componentes descritos, el fracaso es casi seguro".*

Nos quedó claro que cuando escribiera esto, la historia llegaba a su fin, pero con la esperanza y la ilusión de que lo que ella vivió, lo que ella dejó atrás, le brinde ánimos, le dé fuerzas y el valor suficiente a quienes reconocen su enfermedad, quieren salir de ella y buscan apoyo para hacerlo, lo logran. En general, no sé si existan los "imposibles", pero tengo claro que cuando soñamos dejando un píe en tierra, cuando lo que deseamos le podemos dar forma en lo imaginario, cuando creemos en las cosas que otros llaman imposibles, y le colocamos toda nuestra energía "sólo a eso", lo logramos y lo imposible, deja de serlo. En nuestro prolongado abrazo, aprovechó para decirme: *"diles que es posible, que es más fácil si conforman un equipo de apoyo, pero aún si no lo tienen, sigue siendo posible, solo que deben duplicar el esfuerzo y ponerle triple ración de amor y dedicación a conseguirlo".* Mi amiga Bernarda y yo, los invitamos a lograrlo.

EL SECUESTRO DE LAS PALABRAS

¡Universal, así es mi idioma español, más de 530 millones de personas, en 21 países del mundo lo hablan, eso me hace sentir orgulloso! ¿Sabían que más de 460 millones de habitantes de nuestro planeta hablan mi idioma porque nacieron con él? Toda esa belleza que representa nuestro idioma, nuestro lenguaje, que cada vez se está haciendo más indispensable conocerlo y comunicarse a través de él, ¡nos está siendo robado, secuestrado y maltratado! Descubramos a los secuestradores, estén donde estén, tenemos que ponerlos al descubierto y recuperar las palabras que nos han sido secuestradas y que han sufrido todo tipo de torturas; el bello idioma que España nos legó a cientos de millones no puede por ningún motivo, quedar en manos de los delincuentes que nos lo están secuestrando.

Veamos: *decente* significa: "Que es honrado y recto y no comete acciones ilícitas, delictivas o moralmente reprobables, la palabra implica honradez y rectitud", el término, ha sido secuestrado por grupos de delincuentes que lo utilizan para engañar a ingenuos, que no confrontan el significado de "decentes" con el comportamiento de aquellos que les invitan a unirse a ellos, diciéndoles que ellos son los decentes, si lo hicieran se darían cuenta de que el nombre no puede ser usado por ellos. "Decentes" es por lo tanto en algunos países una palabra secuestrada.

"Correcto", "no tiene ninguna falta, error o defecto, es acertado o adecuado a determinadas condiciones o circunstancias". Ha sido robado por millones en el mundo y lo más triste, es que este término está siendo cruelmente torturado, viene siendo abofeteado, le han hecho descargas eléctricas los comunicadores, los periodistas, los comentadores y los críticos cuando dicen: "la noticia es correcta, pero incompleta, está equivocada en tal o cual aseveración"; ¡entonces, señores, la noticia no es correcta!

"Incorrecto" es lo opuesto, es el antónimo de nuestro vocablo torturado, del que hablamos antes, este término ha sido maltratado de todas las formas y ahora está de moda usarlo mal, tal vez con sarcasmo o burla muchos de los que estamos en lo políticamente correcto, los que amamos y defendemos la democracia y la libertad, en los perfiles de nuestras redes colocamos "políticamente incorrecto", tal vez sin darnos cuenta que los secuestradores del idioma se aprovechan de ello, para hacer deducir a otros, que son ellos los que están en lo correcto.

Cientos de términos han sido secuestrados por la Izquierda, por el "Socialismo" con la finalidad de darle un significado ambivalente o directamente contrario al verdadero; se los han tomado a través de instituciones de gobierno, utilizando el poder político para pasar por encima de la misma Real Academia de la Lengua Española; ejemplos, hay ya miles, comenzando por el mal uso de términos como "niños y niñas" cuando está establecido que al referirnos a los niños estamos haciéndolo también a las niñas; no está demás mencionar que existen dos géneros, somos hombres o mujeres, sea cual sea la inclinación sexual que se tenga, el cúmulo de "recién inventados géneros", que no tienen más asidero que querer complacer a algunas personas con poder que quieren convertir sus deseos sexuales como un nuevo género, trae consigo el ridículo en grado máximo de hablar de "todos, todas, todes, todis"; me pregunto: ¿a los todes o todis el ser llamados así, los convierte en algún nuevo género hasta el momento desconocido?, han visto formularios o encuestas oficiales que ponen:

Género:
- Masculino
- Femenino
- Otros

No quiero extenderme, los invito a recuperar el idioma, el lenguaje que nos legaron los hijos del que fuera uno de los más grandes imperios, en donde "no se ponía el sol", lo que sigue siendo así, en los 21 países de habla hispana nunca se pone el sol; recuperemos nuestro idioma, aunque algunos en la misma España, por razones oscuras, renieguen de él.

Es lógico que cuando cualquier persona de escasa o nula preparación, llega al poder, se escucharán disertaciones en las que se habla de millones y millonas; sé que quienes han escuchado al sujeto que lo dijo, se preguntan y ante tamaña ignorancia, ¿qué podemos hacer?, yo sigo buscando esa respuesta, ¿ustedes tienen alguna? No permitamos que nos roben o secuestren las más bellas palabras. ¡Los corruptos, los incorrectos no pueden bautizarse impunemente de decentes ni de correctos!

HOY SE QUEDA SIN RECREO

Millones de tareas hemos hecho desde cuando tuvimos seis años, hasta el día de hoy; unas, hace muchos años, nos merecieron izar la bandera nacional y otras, la mayor cantidad de las veces nos hacían ganar un castigo; ¿cuántas veces nos obsequiaron, con el golpe con una regla de madera o de plástico en las palmas de las manos o con un tirón de orejas, muchas veces acompañados de, "hoy se queda sin recreos?; la frase más odiada y opresora que de niño se podría escuchar, acaso, ¿el maestro, no sabía que el recreo era fundamental en nuestras vidas?. "Hoy se queda sin recreos", ¿con qué facilidad nos rasgaban el corazón infantil?, ese corazón blando, que se entristecía, se arrugaba, como el rostro de una anciana solitaria, cuando escuchaba esa odiosa frase, esa forma de castigo, cruel e inhumana que nos robaba la felicidad; porque, en el recreo, el corazón se alegraba, nos ponía una sonrisa de felicidad que cubría totalmente nuestra cara, porque sabía que en el recreo, podía escaparse y verla pasar caminando, con su coquetería limpia e inocente, por el parque del pueblo.

"Hoy se queda sin recreo", esa frase podría llevarnos hasta el llanto, y es que, cuando había la esperanza de verla pasar, el corazón era fuerte como el acero, brincaba acelerado como potro salvaje, y más, cuando creía ver en su angelical carita, una sonrisa de la cual, se sentía dueño absoluto; esa sonrisa, que lo hacía pensar que era "dueño de todo y que no se cambiaba por nadie". Pero el maestro, no sabía que el dolor de las manos no nos hacía gritar o llorar más que el dolor del corazón, cuando por estar castigados, no nos podíamos escapar para verla pasar.

"Hoy se queda sin recreo", que risa me da hoy el jalón de orejas, hoy no lo sentí, es más, creo que mi maestro se equivocó, sin darse cuenta, el tirón de orejas debió dárselo a mi vecino de pupitre, porque yo no sentí nada, ni cosquillas, ni dolor, nada, absolutamente nada; hoy, puede quitarme todos los recreos; es más, se los cambio todos, por las veces que no llevaría las tareas la próxima semana, creo que sería un cambio justo, sin embargo no me atreví a proponérselo, mucho menos cuando pensaba que él podría saber que, cuando su nieta viaja con mis futuros suegros, ¡mi corazón triste, hacía a mis manos y a mis orejas insensibles!

Cuántas ganas de decirle: maestro negociemos, déjeme ir al parque en todos los recreos para verla pasar y a cambio haré todas las tareas, seré tan juicioso, que solo yo tendré derecho a izar la bandera de Colombia todos los lunes; maestro negociemos, dígale a su nieta que yo la amo y conocerá por fin un verdadero santo en su salón de clases, negociemos, usted gana un santo y yo un corazón que a todas horas estará sonriendo.

La vida, día a día nos pone tareas, ahora recuerdo que, aquellas de mi maestro casi nunca podía llevarlas hechas; él nunca supo que era porque su nieta ocupaba mi mente y gobernaba mi corazón; ella, como una infanta dictadora, me mantenía alegre cuando la podía ver y muy triste cuando no lo hacía, y así, maestro dígame, ¿cómo podía yo hacer sus tareas?; si ahora lo comprende, entenderá que es mejor que castigue nuestras manos y nuestras orejas, pero, no nos envejezca el corazón prematuramente al decir: "Hoy se queda sin recreo", sepa que, nuestro derecho a ir a verlas pasar por el parque, es sagrado, y ese castigo, va contra las leyes de la naturaleza.

Que mis nietos no escuchen nunca decir a sus maestros, "hoy se queda sin recreo" o que tengan el valor de negociar con su maestro y decirle que ese castigo no es aceptable porque va directo al corazón y lo entristece, ¡lo daña y le acorta la vida!

LAS CARTAS QUE ME ESCRIBO No.1

Creo necesario desde este momento explicar por qué decidí escribir unas cartas, ya que yo "sí tengo quien me escriba" o más bien, quienes me escriban, también tengo quienes me escuchen y a quiénes escuchar, no estoy en las condiciones de aquel "coronel, que no tenía quien le escribiera"; mi decisión tiene mucho que ver con algunas lecturas realizadas, sobre las personas que han estado en coma y narran haber visto ángeles, túneles, jardines floridos y otras cosas que para mí son "fantasías", salvo que estuvieran en "comas superficiales". De todas formas, esas narraciones me han creado algunas inquietudes y por ello decidí tener una comunicación seria y exhaustiva con mis neuronas, algo así como una "reunión de gerencia"; se comienza con "aquí vamos a decir solo verdades", también encontrarán más explicaciones en mi primera carta, que complementarán lo aquí escrito.

Deben saber que todo se inició en un viaje que decidimos emprender mi esposa, mi cuñada y yo, a los seis meses de casados por el año 1982; salimos de Honda (Tolima) hacia Chiriguaná (Cesar), donde visitaríamos a mi familia; una vez pasamos por la ciudad de Tunja y ya casi llegando a una población llamada Arcabuco, tuvimos un accidente a causa del cual terminé en "estado de coma profundo", en la unidad de cuidados intensivos, UCI, del hospital Militar Central de Bogotá; perdí, como es de esperar, toda comunicación interna, así como también con el exterior, por eso cada vez que recuerdo el accidente surgen las mismas preguntas.

En la fecha de los acontecimientos yo era médico general y prestaba mis servicios, en la ciudad de Honda, en varias instituciones; en una de ellas ejercía como especialista en jefe de sanidad: el Batallón Patriotas. Creo recordar que así decía mi carnet, pero se traducía en que yo era "el Médico del Batallón". Aquí la primera carta que me escribo, motivada por la "presión de los recuerdos", que agolpados en algún rincón del alma se esfuerzan por hacerse sentir, por decir: oye, José, estamos aquí; somos parte tuya, ocupamos una parte considerable de tu vida, no nos almacenes; danos visibilidad.

Mis "neuronas de los recuerdos" están rebotadas, en pie de guerra, se niegan a quedarse ocultas, esperando sin saber qué esperan, anhelando sin saber qué anhelan y yo —algo inquieto— en un esfuerzo por comprenderlas, presiento que lo que buscan con afán y quieren es "libertad"; se cansaron de estar refundidas como en una inmensa "telaraña", de la que cada una trata de liberarse y de llegar al borde, darse una buena sacudida y cuando alguna lo logra, "gritar" tantas veces como sean necesarias hasta lograr ser escuchadas, la inmensa mayoría de ellas, siguen ahí, en esos interminables hilos, en esa malla tejida de manera magistral por las "neuronas de los recuerdos" en la que llevan tanto tiempo refundidas, que se pueden considerar pérdidas en algunos rincones de lo que llamamos la "memoria"; ahí están, aburridas, tan aburridas como esos grupos de abuelas vecinas, que en los atardeceres deciden reunirse a tejer debajo de un frondoso árbol de mangos en el patio de la casa de una de ellas; las abuelas matan su aburrimiento hablando de lo que más sonrisas le hacen asomar al alma a sus arrugadas caras, los nietos.

Hoy, millones de neuronas de mi "telaraña de recuerdos" me despertaron más temprano, madrugaron más de lo que suelen hacerlo, sospecho que se sienten muy apretadas, algo así como cuando llevan pollitos en cajas para venderlos de pueblo en pueblo, así como los veía, cuando los llevaban a Baranoa, un pueblo en el que tuve una pequeña finca, iban apretados, estirando el cuello para pasar la cabeza por encima de la de los compañeros de infortunio, y en esa "lucha por sobrevivir" algunos pollitos fallecen y no tienen más entierro que el que les da su ambicioso vendedor, que lleva más pollitos de los que la caja con escasa ventilación permite y que con ceño fruncido, dejando salir una exclamación no apta para menores, pues en su torpeza "culpa a los pollitos que fallecieron", los agarra de sus endebles patitas y los tira sobre la polvorienta calle, seguro de que algún perro callejero o algún carroñero se alimenta de ellos.

Supongo que así apiñados, los recuerdos, comienzan a sentirse poco oxigenados y por esa relativa hipoxia, quedan en condición de "casi muertos", agonizantes, pálidos, boqueando, como los pollitos de los vendedores ambulantes, o como los peces, que imprudentes se reproducen en una pecera, sabiendo que su lujuria, los llevará a la muerte por sobrepoblación y que también a ellos los tiraran en algún lugar, para dar continuidad a otras vidas en la cadena alimenticia; ¿será que pasa lo mismo con los recuerdos y que es por eso que con frecuencia nos vemos forzados a decir, "no recuerdo esto o aquello"?

Y es ahí cuando me pregunto, ¿Son los "recuerdos", acaso parte de la cadena alimenticia del privilegiado "conjunto de neuronas" que sospechamos que constituyen el "alma"?; antes de responderme o que ustedes se respondan les pido que urgen en la memoria y me digan si ustedes también han dicho frases como, "te llevo en mi alma, te quiero con toda mi alma, tú recuerdo quedará siempre guardado en mi alma", si dejamos un poco de lado el "rigor científico" en esas solas frases, hay pruebas suficientes para que la Corte Suprema de Justicia del Espíritu, "entre a considerar" que hay mucha relación entre alma, amor, recuerdos, y que estas relaciones deben ser aclaradas, para poder comprender un poco más sobre el castillo llamado cerebro y de su gran muralla protectora, con sus cientos de recovecos, plazas, túneles y demás que llamamos también bóveda craneal, que por cierto es una fortaleza que consideramos la más inexpugnable del cuerpo humano; estarán de acuerdo conmigo en que no se construye una fortaleza con semejantes características sino es para albergar algo invaluable, espero que también me apoyen en la teoría de que, de ese conjunto constituido por las murallas y el gran castillo, nace el que las principales moradoras, "las neuronas" se sientan las "más importantes joyas" del ser humano.

No es nada nuevo, una pregunta casi siempre hace que te formules otra y esta no se hace esperar, ¿Los sucesos, los eventos nuevos y hasta los pensamientos débiles, tienen el vigor suficiente para sobrevivir, retirando a los "más débiles"?, prima en nuestro cerebro entonces una ley como la de la selva, ¿los más fuertes aniquilan a los más débiles?, la pregunta tendrá varias respuestas según el momento de la historia en que se formule, pero algo sí tenemos claro o por lo menos tenemos una fuerte sospecha, es que a diferencia de los pollitos y los peces que mueren y son utilizados como alimento, las "neuronas de los recuerdos", no mueren, permanecen en esa condición de "casi muertas", hasta que un "nuevo acontecimiento" les brinda el oxígeno suficiente para que griten "viva la libertad" y exijan mostrarse en los mejores lugares de los escaparates del alma.

Despiertan los "casi muertos" en mi mente y por momentos pienso que, así como en muchos procesos electorales de Iberoamérica, algunos muertos también despiertan y votan, en mi memoria algunos acontecimientos despiertan, se sacuden, se estiran y dicen "aquí estamos, somos útiles y necesarios para armar el crucigrama que representan los años vividos".

Yo, pensando en el transcurrir de los atardeceres de las abuelas, me pregunto: ¿qué hacen minuto a minuto, segundo a segundo, los millones de ustedes mis amadas neuronas que aún no han logrado liberarse de la telaraña de los antiguos recuerdos?, ¿cómo se sienten?, ¿deprimidas?, ¿recluidas como si nadie quisiera tener intercambios con ustedes o se sienten cómodas utilizando el tiempo en seguir tejiendo telarañas para atrapar y esconder los recuerdos?

Pollitos asfixiados, peces muertos y recuerdos desperezando neuronas, "allí adentro de la muralla" hay todo un espectáculo, todo se ve revuelto y desordenado; pero en pocos minutos aparece en mis sueños, el "personal de la limpieza", agarra las muertas y se las llevan a una especie de cementerio, pero en el camino se enteran que, "no están muertas" y deciden continuar su camino a un lugar que se parece mucho a uno de ellos pero, donde la ausencia de cruces u otros símbolos los distinguen, los separa sustancialmente porque "el cerebro" parece no tener cementerios y en cambio el lugar a donde llevan los "supuestos muertos", es muy parecido a un "taller de reconstrucción y remodelación"; allí comienzan un proceso de selección, unas pasan a reparación, latonería, ensamblaje y pintura, otras necesitan menos mano de obra y pasan directo a latonería y pintura, para que las "neuronas parezcan nuevas" y no sean distinguibles de aquellas que no han necesitado entrar al taller, las ya recompuestas parecen un partido político, donde todos tratan de ser los primeros en mostrarse, sin importar mucho el orden o los méritos alcanzados.

Muchas de ustedes las que pasaron por reparación, latonería y pintura general, ya mezcladas con sus otras compañeras, deben ser las que me piden que las "deje descansar", que nos reunamos en otro momento para continuar nuestra charla, yo les digo: "ustedes las neuronas están en una casa muy protegidas son las más protegidas de todas las células, de todas las partes del cuerpo" cosa fácilmente explicable no tan solo por las "funciones que cumplen", sino también por ser femeninas, son y seguirán siendo "las neuronas", salvo que algún subnormal o envidioso, de esos llamados "progres" que de forma inexplicable llegan a tener mucho poder, quiera cambiarlas y convertirlas en "neurones o neuronos"; mientras sigan siendo "las neuronas", ustedes mandan, yo me doblego y les digo que sí, que claro, que seguimos ésta charla cuando ustedes deseen hacerlo, tengan buen descanso, pero no se duerman.

Hace ya varias horas que juego con mis uñas con tanta desesperación que una de ellas, la de mi pulgar izquierdo, salió ligeramente lesionada, me mandó un mensaje de dolor y con él, un aviso, "nos despertaste a nosotras que no tenemos nada que ver con la información que quieres, eso no es justo, sin embargo pasaremos la información a las "princesas del castillo", que se enteren y así nos dejas tranquilas a nosotras, que bien sabes que aunque nos comunicamos nos mantienen por fuera de la muralla, somos como de menor categoría, para que nos entiendas es como si fueras a una gran tienda de coches o carros y vez que los de la más alta gama están más protegidos y les tienen un personal que los atiende a todas horas, bueno así son nuestras hermanas que viven dentro de la bóveda, de la muralla, nosotras somos las que llevamos algunos recados que les mandan y traemos respuestas, pero tus inquietudes son de otro tipo, así que ya las estamos despertando, habla con ellas y déjanos en paz y llama a alguien que sepa arreglar esa uña.

Aquí estoy de nuevo, espero que hayan descansado, que el descanso haya sido productivo y que no hayan permitido que se les colara ningún "mal pensamiento" que pueda perturbar la convivencia entre ustedes, recuerden que por algo son ustedes las "protegidas" y tal vez también las únicas indispensables; saben que las molesto porque no me han aclarado muchas cosas, están en deuda, saben que necesito saber ¿qué pasó dentro de mi cerebro?, lo único que tengo claro es que ustedes tienen algo de esa información, se además que las que "almacenan esos recuerdos", están hoy desesperadas por asomarse y contarme muchas cosas; yo sólo puedo sospechar que esos quince días que yo estuve en no sé dónde, millones de ustedes pasaron por el "taller"; también supe que a muchas las consideran insalvables y que estuvieron a punto de ser barridas por el personal de limpieza, pero por lo visto las de la compañía de aseo "Glia Ltda", decidieron llevarlas primero al taller donde las entregaron con la etiqueta de "casi muertas" y en ese gran taller que albergamos en alguna parte del cerebro, vieron que "podían hacer algo por ustedes" y es por esa decisión que tomaron los mecánicos de neuronas que ahora estamos hablando, a ellos a su gran maestro, les debemos mucho, todo.

La naturaleza, a la que tanto maltratamos y tan poco agradecemos, nos exonera del pago de las facturas que esos "Talleres Integrales" nos podrían cobrar, ni siquiera los de aseo "Glia Ltda", nos pasan factura y sabemos que si nos cobraran, cifras en cualquier tipo de moneda de cambio, serían incalculables, ya que nuestras neuronas pasan a el taller no solo cuando sus condiciones son bastantes lamentables, es cierto que unas llegan ayudándose con muletas, algunas con ayudas de otros mecanismos ortopédicos y muchas van en camillas empujadas por las encargadas de "mantenimiento", pero la inmensa mayoría pasa al taller, a la "sala de prevención" donde reciben buen oxígeno y nutrición para que puedan reintegrarse en mejores condiciones a sus labores cotidianas.

Todo es asombroso, y sobre eso también tengo una pregunta, por qué no aprovecharon esos días de "ausencia" y me llevaron a conocer algo, cualquier cosa, aunque fueran los talleres, no ven que, por culpa de esa desidia de ustedes, de ese abandono, parece que yo fuera el único que no tengo nada que decir "sobre esos días en que estuve entre ausente, casi muerto", no me quieren contar nada, ni siquiera recuerdo sobre esa especie de "lápida" que te ponen cuando mis colegas dicen "la situación es muy crítica, cada hora que pasa juega en favor de él, es joven, está luchando, no podemos decir más, hay que esperar, las esperanzas son pocas pero hay que esperar"; de ahí nace mi reclamo, ¿"por qué no aprovecharon ese tiempo y me mostraron algo del castillo o me sacaron a dar un paseo por algún lugar espectacular que tal un viaje a conocer el Everest?, me hubieran llevado al pico más alto¡, pero no me dejaron nada para narrar algo de lo sucedido en esos días, a las Cuevas de Altamira, yo hubiera escuchado las explicaciones que me hubieran dado sobre las pinturas rupestres, o porque no me dieron una paseo por los campos de tulipanes en una primavera en Holanda, yo tuviera mucho que contar, ustedes además hubieran quedado como unas "neuronas diligentes, queridas, amables, cultas" y quién sabe qué más cosas podría decir de ustedes, ahora, yo podría narrar todo lo que ustedes me hubieran mostrado, pero no hicieron nada; ¿de verdad estaban tan golpeadas o maltratadas? o a mi me tocó una tanda de neuronas flojas, perezosas que ante un desequilibrio interno se echaron a "casi morir", no sé qué pensar de ustedes, porque, que yo recuerde en el accidente la bóveda que las protege no se golpeó y va siendo hora que me digan que fue lo que en realidad pasó con ustedes, hace 43 años largos y siguen sin querer decir nada.

 Mis neuronas después de ese merecido "descanso" y aún más merecido regaño, parecen afanadas, apuradas en contarme sus andanzas de cuando hace 43 años a causa de mi accidente estuve en coma profundo en el Hospital Militar; comiencen por contarme, ¿cuantas de sus compañeras quedaron "casi muertas"; ¿qué sucedió con la información que ellas tenían?, pasaron unos segundos de absoluto silencio y cuando comenzaba a creer que otra vez habían decidido no contarme nada y que volverían a cerrarse como lo hacen las ostras cuando se sienten en riesgo, se alzó una de ellas, hizo ademanes como para darme a entender que ella era algo así como la "neurona jefe" de esa zona del cerebro y frunciendo su entrecejo, con voz un poco chillona me dijo: "llevamos 43 años discutiendo si debemos hablar contigo sobre lo sucedido, pero nunca llegamos a un acuerdo, ella iba a seguir hablando pero le interrumpí preguntando, ¿por qué tanto tiempo y aún ahora no están de acuerdo?, ¿acaso en el sistema de ustedes hay "sindicatos"?, la de la voz "chillona" me dijo con mucha seguridad, "ni tú, ni tus colegas dedicados a las neurociencias podrán saber lo complejas que somos y cómo hacemos para comunicarnos, cómo hacemos para sobrevivir a tantas "agresiones" voluntarias o involuntarias a las que somos sometidas, ustedes siempre sabrán aquello que nosotras les permitamos saber, así que nunca den por concluido el conocimiento que pretenden tener de nosotras, no es egoísmo de nuestra parte el no explicarnos mejor, es que nosotras mismas no nos entendemos al 100%, creemos que hay "algo superior a nosotras que rige sobre nuestras vidas y nuestra muerte". Déjanos reposar un poco y más adelante te contaremos parte de lo que quieres saber, la parte que conservamos en la "despensa de la memoria"

LAS CARTAS QUE ME ESCRIBO No.3

Lo tengo muy claro, recuerdo que nuestra anterior conversación se frenó cuando les pregunté "si en mi cerebro algunas de ustedes mis queridas neuronas, habían constituido una especie de "sindicato" y fue en ese preciso momento en que la "chillona" se expresó diciendo que no era egoísmo de parte de ellas el no hablarme con mucha claridad, pues no tenían claro lo qué sucedió cuando estuvieron en ese estado que yo he dado en llamar de "casi muertas".

La Chillona, recuerdo bien, me pidió un "descanso" y claro que la palabra descanso les gustó a todas y muy diligentes, se unieron a la "respetuosa solicitud" hecha por ella, sobre todo el grupo que estuvo en tan precaria situación el día de nuestro accidente, y por quedar en ese estado de "casi muertas", mis colegas en el Hospital Militar Central de Bogotá hicieron aquel trágico diagnóstico: *"se encuentra en coma, en coma profundo"* y ahora que vuelvo a comunicarme con ustedes, me piden "descanso". Entiendan que lo único que solicito es que me cuenten qué les sucedió a ustedes, ya que solo tengo la narrativa que mis colegas de la UCI me hicieron, cuando intentaron decirme que, había estado en coma por 15 días, que ninguno de ellos, en verdad, esperaba que saliera de ese estado y mucho menos que me encontrara tan "íntegro", eso sí que lo recuerdo.

Si les sirve para que se animen a trabajar se los voy contar: recuerdo con claridad cuando ustedes "las casi muertas", impulsadas por quién sabe cuántas cosas, decidieron abandonar el estado de coma, despertar y volver a participar del mundo real; era de mañana, mis ojos se abrieron y supongo que mis pupilas debieron hacer algo, para lograr acomodarse y enviarles la primera fotografía de lo que estaban viendo, no tengo muy claro qué hicieron ustedes, es lo que me intriga. Así que, sindicalizadas o no, les pido que ahora después de 43 años de lo sucedido, se pongan a recordar, comprender lo sucedido y me den la mejor versión de los hechos en que ustedes fueron partícipes; es por eso es por lo que estamos en lo que estamos, recordando.

Lo primero que vieron mis ojos, fue que estaba en un hospital, que una pierna mía colgaba de una polea y el brazo del mismo lado también colgaba de otro artefacto similar y en ese instante, todas ustedes "enloquecieron", aunque es honesto reconocer que algunas ya venían siendo parte de ese pequeño, ingenioso e inquieto "loco", que considero que todos tenemos alojado en alguna parte de nuestro cerebro; todas querían hablar al mismo tiempo, parecía un coro dirigido por un borracho, me hablaban de "accidente, esposa, cuñada, tracto—camión con remolque", entre una y otra información que ustedes me daban, un dolor fuerte en mi garganta sobrevino, porque estando entubado intente hablar; fue tan raro y "opresivo", pero al tiempo sabía que le traería "libertad" a mi garganta, en ese momento sentí que era como "volver a nacer".

El desorden que ustedes tenían, el afán por comunicarse todas al mismo tiempo, esa algarabía que se parecía a la de los domingos cuando en los internados de los colegios, después de un orden riguroso de los estudiantes formados en fila, el jefe de la disciplina se plantaba frente a los estudiantes y decía: "pueden salir", ahí en ese preciso momento comenzaba el desorden, la gritadera, los empujones y el querer ser el más rápido en salir a disfrutar la libertad, sin embargo ese desorden de ustedes me alarmó aún más y empecé a mirar más detalles, la cantidades de cables y mangueras tenía en mí cuerpo, del que colgaban dos o tres atriles y mientras las identificaba, apareció de nuevo la imagen de "ella" y con ella mucha información, fueron ustedes las que se encargaron de transmitirle que, nos habíamos casado hacía unos 6 meses, del hilo de sangre que bajaba de su arco superciliar izquierdo, me tranquilizaron al recordarme que cuando fui llevado en una furgoneta al Hospital de Tunja, yo había pedido que revisaran su herida y me dijeron que era "algo mínimo de unos 4 a 6 milímetros y que no necesitaba sutura".

Fueron momentos difíciles, reconocí una "cajita" atada a mi abdomen en la parte superior y me dije es un "marcapaso"; recordaba con precisión de relojero los momentos del choque contra aquella tractomula, que era inmensa y en la que transportaban crudos o algo por el estilo, que casi al instante del accidente, fracciones de segundos antes, alcancé a alertar a mi esposa y a mi cuñada con un grito que aún ahora se pasea indiscreto por mi memoria: *"agárrense que nos matamos"* y al instante el fuerte sonido del golpe de mi pequeño vehículo contra el frente de esa tractomula; algunos gritos dentro del carro y al poco tiempo unos gritos afuera; desde adentro yo gritaba: "bájense y corran que esto se puede incendiar"; mientras que afuera un hombre joven, desconocido para mi grita: *"lo maté, lo maté!"* y en ese instante pude reaccionar; ya mi joven esposa y mi cuñada estaban bajo la lluvia intentando pedir ayuda; yo no podía moverme debido a que mi pierna izquierda estaba apresada entre el paral delantero del carro y mi silla, había humo, bastante humo y por eso yo les decía que se apartaran.

Recuerdo muy bien que dos o tres hombres jalaban mi silla hacía atrás para liberar mi pierna, la puerta de mi lado estaba arrugada y trabada, llegaron con una herramienta muy grande y lograron desprenderla, sin embargo, el conductor de la tractomula seguía gritando: *"lo maté, lo maté!"* y recuerdo que le dije: *"estoy vivo, ayúdeme a salir"*. El dolor era muy grande, la pierna izquierda estaba rotada, en su totalidad, hacía otro lado; alguien de los que me ayudaba se dio cuenta de ello y la rotó; creo que grité, pero estaba muy inquieto porque no podía ver a mi esposa y a mi cuñada, pero me tranquilizó mucho cuando las vi subir al vagón donde ya me habían acostado.

Algo difícil de creer, que siempre recuerdo con los años, al que siempre agrego una sonrisa: se sube a la furgoneta un señor y me entrega el revólver que yo siempre cargaba: *"Éste revólver debe ser suyo, verdad?"* me dijo, lo recibí y lo puse en el bolsillo derecho de mi pantalón hasta que llegamos al hospital de Tunja, donde nos recibió un colega que al igual que yo, era médico del Ejército Nacional, yo lo era de un batallón; después de tomarme una placas de Rayos X me dijo: *"Tranquilo, su esposa no tiene nada. El corte es muy pequeño y no la suturamos, pero lo suyo no es para acá, aquí no podemos atenderte, estamos llenando todo y lo trasladaremos para el Hospital Militar de Bogotá, van con usted un médico y enfermera".*

Morfina de por medio, le pedí que a mi esposa y cuñada las dejaran ir conmigo en la ambulancia y en cuestión de pocos minutos, con todas las atenciones necesarias íbamos hacia la capital. Mis queridas neuronas, como ven, "mi parte" se las puedo contar con lujo de detalles, minuto a minuto, pero no quiero agotarlas, porque mi deseo es que me cuenten, el grupo de ustedes que estuvieron "casi muertas", ¿cómo hicieron para recuperarse? Además, tengo un deseo casi morboso de saber ¿qué clase de despedida les hicieron a sus compañeras que murieron, ¿o fue que no murieron?, quiero saber, si alcanzaron a hacerles alguna ceremonia o si, solo permitieron que las encargadas del aseo, Glia Ltda las "barrieran como cosas inútiles".

Ya sé qué quieren, descansar, que debo estar agradecido con ustedes, así que concedido, aunque a veces me dan la sensación de que algunas de ustedes están desnutridas ¿Seguimos mañana u otro día?, en ese momento de nuevo se hace sentir La Chillona y sin ninguna consideración me suelta una especie de reprimenda: "ya deberías entender que no tenemos ningún secreto sobre esos días, que algo que no entendemos nos pasó a nosotras y ni siquiera estamos seguras de si algún grupo de nosotras murió y fueron barridas por la empresa de aseo o si estamos todas; no sabíamos que nos fuera a pasar algo así, y no nos contamos para ahora hacer un recuento, créenos y dile a tus amistades que de esos días no sabemos nada, o si quieres invéntate una de esas fábulas cargadas de mentiras y escribe un libro diciéndole a tus lectores las fantasías que ellos quieren leer.

De esa forma seca, casi grosera La Chillona se encerró en su castillo y me dejó solo con dos opciones, decirles lo que ya les había dicho, que no sé nada, que no vi nada, que no hubo túneles, ni jardines, nada de ángeles, que tampoco vi el infierno si no estaría feliz contándoles que vi a Chaves, a Fidel, a todos los socios comunistas, lamentarse del daño que hicieron debido a lo *¡hdlgptas!* que fueron, créanme eso no lo hubiera olvidado, luego tampoco estuve rondando por allá. La segunda opción es ponerse a imaginar fantasías y narrarlas a ustedes, en ese caso les diría que fue un paseo largo que, aparte de bellos paisajes, vi no solo a Chaves y sus secuaces, sino que ya estaban allí sus grandes amigos, Santos, Maduro, Ortega, Sánchez, Petro, Lula y otros similares a ellos, pero debo decirles que no, que de esos quince días ellas no me transmitieron nada, en absoluto, y que me doy por vencido porque o son muy tercas o tampoco ellas tienen conciencia de nada.

Como epílogo de esta historia les contaré que luego de mi recuperación física, partí hacia San José de Costa Rica en donde cursé mis estudios de especialización en Medicina Interna en el Hospital Rafael Calderón Guardia; aprovecho para saludar a mis compañeros y colegas de Residencia y también agradecer a mis maestros y a esa bella nación de Costa Rica.

CUARTA PARTE

ASPEN

MIS PRIMERAS CHARLAS CON MI ABUELO

A varios miles de kilómetros de distancia, mi abuelo, me había dicho que hiciera "pucheros" si mi mamá fuera a cerrar la ventana de mi habitación, porque con el viento que salía de su apartamento a eso de las cinco de la mañana y que llegaba unas 12 horas más tarde, él me iba a contar muchas cosas; por eso hice pucheros, lloré unos pocos minutos y mamá que siempre sabe que quiero, regresó a la ventana y me la dejó abierta; enseguida sonreí y con eso me gané unos besos de ella. Todo estaba listo, yo tenía algo nuevo y muy importante que contarle a mi abuelo.

Según el abuelo todo lo que yo piense o imagine, que tenga que ver con él, lo recibiría horas más tarde; yo estoy emocionado, acabo de cumplir 7 meses y cuatro días, escuché la conversación de mis papás que decían: *"llevemos al Aspen a dar una vuelta, tanto encierro es aburrido para todos y se va a poner feliz cuando vea todo lo que va a conocer"*; enseguida pensé: *"el mundo nuevo al que llegué debe ser muy grande, porque yo ya conocía tantas cosas que me habían mostrado en la casa, afuera en el patio, donde me gustaba mucho estar cuando no hacía frío, mis dos guardianes, mis perros Emilio y Olivia, que me cuidan y me quieren mucho; me acompaña también un oso de peluche, un "monito" gracioso, que vive en mi cuna, unas cositas que cuelgan de ella y que me gustan porque se ríen todo el tiempo, y ahora, parece que hay muchas más cosas que me van a llevar a conocer"*.

Mi mamita y mi papá me explican que mis abuelos, son los papás de ellos, que están lejos, pero me los muestran por un aparato que se llama celular; eso lo sé porque, cuando no lo encuentran siempre mi papá dice: "Amor, ¿dónde dejé mi celular? ¿No lo has visto?" Y ella, casi siempre, le dice dónde está o, cuando no lo sabe, con el de ella hace algo y el celular de mi papá se pone alegre, se ríe varias veces y él lo recoge. Le dice gracias y otras cosas, que deben ser bonitas porque mi mami sonríe. A mí me gusta cuando ella sonríe, y por eso yo también me río mucho cuando ella me habla o me da besos. Papá dice que está listo para salir, para que no nos agarre la noche. Yo ya sé, que la noche es cuando está oscuro, lo que no sé, es por qué no quieren estar afuera conmigo y con la noche.

Me pusieron ropa de esa que mamá dice que es para salir. Papá me abrazó y nos subimos al carro. A mí me gusta que me carguen; se siente muy bien, me da calor y me alegro. Lo que no sé es si los otros papás abrazan a sus hijos. Ojalá lo hagan, porque uno se siente muy importante, eso me pone alegre.

Cuando estamos en el carro grande de papá, me ponen en una silla en el puesto de atrás. Dicen que es para evitar accidentes y para que no me pase algo. Eso no sé qué es, pero cuando ya pueda hablar se los voy a preguntar: ¿por qué, si me gusta que me carguen todo el tiempo y si yo me agarro a ellos, me ponen en otros sitios en vez de tenerme todo el día cargado? Esas cosas son de las que no entiendo, las que ellos, cuando no entienden, llaman "preocupaciones"; bueno, pues esa es una de mis más grandes preocupaciones.

Llegamos a un sitio muy lindo. No sé si todo lo que me falta por conocer sea así, pero si lo es, quiero conocerlo pronto. Abuelo, hay muchas luces. Uno se sienta en unas sillas que, según dijo mami, son para montar en caballos, que son unos animales muy, muy grandes. Así deben ser los gigantes de los cuentos, que los visten con sillas para pasear. Pero papá dice que yo todavía no puedo montar en los de verdad.

Ninguna de las otras sillas se parece; Me gustan más estas, parecen para jugar, tienen muchas partes. Mami dice que ella ha montado caballo en tu finca y en la de unos tíos que no conozco. Voy a crecer rápido y voy a montar como mi bisabuelo, como tú, y como los tíos que no conozco. Me voy a pasear y voy a llevar a mis papis, porque si los dejo, se ponen tristes y puede que lloren.

Abuelo, en este sitio hay muchas cosas que no conocía. Seguro tú ya has visto todo esto. La gente me habla, yo a ellos no los entiendo, pero mis papás sí, y se la pasan sonriendo y a todos dicen gracias.

Siempre me agarran para que no me caiga. Dicen que estoy creciendo, y yo creo lo mismo abuelo, si vieras cómo era antes, muy pequeñito, y vivía en una piscina muy sabrosa. No me daban tetero, era como una manguerita por mi barriga, y por ahí, como que mi mamá me alimentaba. Ella me hablaba mucho, y cuando papá regresaba del trabajo, ella y yo nos alegrábamos. Él enseguida preguntaba por mí, eso nos ponía felices, y hablaban de cuando yo naciera, muchas cosas.

Abuelo, no estoy seguro, pero creo que ya nací. No entiendo eso tampoco; se lo preguntaré a mi mami cuando haga eso de hablar. Por ahora, entiendo algunas cosas, porque fui creciendo y me puse muy grande y ya no cabía ahí. Entonces, hicieron algo, no recuerdo, abuelo, qué pasó, pero me ayudaron a salir.

Donde estaba era muy agradable; los oía hablar. Mis papás siempre hablaban de cuando yo sea grande. Eso no lo entiendo y tú me lo vas a explicar. Por eso necesitamos que dejen la ventana o la puerta abierta, para que el viento nos ponga a hablar.

Yo sé que la abuela me quiere comer. Cuando ella lo dice, todos se ríen, pero, abuelo, no será como ahora, que ya soy más grande y me dan unas cosas que llaman papillas, que no son teteros. Me las dan con "cucharitas" y yo las tengo en la boca y me las como. ¿Abuelo, así no es como me va a comer la abuela, verdad que no? Porque ella dice que a besos, y eso no lo entiendo. ¿Cómo me va a comer a besos? Esa es otra de mis preocupaciones, porque si la abuela viene, entonces ¿qué pasa conmigo después? ¿Me vuelvo popó?

Dile que es mejor que no me coma, que me dé besos, sin comerme todo, como ella dice cada vez que se emociona con mis fotos.

Abuelo, mejor enséñale el truco del viento. Yo quiero hablar con ella cada rato, como contigo. Y enséñale también a mi tío y para que no te pongas celoso hablaremos todos, con mis papás también. Abuelo, ¿cuándo les enseñas nuestro secreto?

Me bajaron de la silla, dicen que para que yo no me canse y también porque ya llega la noche. Nunca quiero que la noche llegue y estar afuera de la casa. ¿Por qué será eso, abuelo? Ya vamos para la casa, después te cuento más cosas y tú me cuentas las tuyas, porque dentro del carro el viento es diferente y no es tan bueno para hablar contigo. Es un viento raro, no es como el que me llega por la ventana.

Abuelo, no te olvides de enseñarles cómo es que los dos hablamos. Te prometo que contigo hablaré más, no te pongas celoso. Así le dice mi mami a mi papá: "no te pongas celoso" cuando le coqueteo a mi mami.

Chao, abuelo. En la próxima charla me cuentas lo que el viento del carro no nos dejó hablar hoy.

OYE ABUELO DESPIERTA

Sé que donde vives está muy lejos y mi papá me explicó que el sol y la luna allá salen a tiempos diferentes que en mi casa. Mis papis me dijeron que esta casa donde vivimos es de nosotros, por eso me dijeron que siempre diga "mi casa". Sé que cuando vengas te va a gustar. Vieras todo lo que han hecho; lo último es que asfaltaron toda la entrada. Me imagino que es para que mi coche no choque con piedras y mami me pueda sacar más fácil a pasear.

Bueno, abuelo, te estoy trasnochando. Quiero que nos veamos, y ya se me ocurrió cómo podemos hacerlo. Será nuestro más grande secreto. Prométeme que dirás que sí, y te lo cuento todo.

Me preocupa decir anticipadamente que sí a mi nieto, porque a sus siete meses lo siento muy intrépido, Pero ¿qué abuelo dice que no a su nieto? No sé si alguno puede hacerlo, pero no soy yo. Así que me levanté, me rocié la cara con agua para poder estar atento a lo que mi pequeño iba a proponer y en un acto de amorosa irresponsabilidad, le dije: "¡Sí, haremos lo que digas!" mentalmente dije: "Dios mío, que esto resulte bien".

Y mi pequeño, como si sospechara de mi ruego, dijo: "Tranquilo, abuelo, saldrá bien". Es que los mayores se olvidan de que nosotros, en las barrigas de las mamás, duramos nueve meses aprendiendo de todo. Hasta nos reímos cuando los papás se ríen; Me imagino que lloramos cuando ellos lloran. A mí eso no me tocó, pero como ambos son inquietos, aprendí mucho.

¿Sabías que hay unas aves que, volando, van a donde tú vives con mi abuela?

Míralos, mis papás los llaman patos azules o patos de Canadá. Abuelo, los pequeños podemos hacer cosas que los papás y abuelos no saben hacer, salvo que aprendan de nosotros. Yo sé que nos podemos ver, y no es complicado. Mamá me deja la ventana abierta, para que con el viento podamos hablar. Yo voy a estar atento y cuando vea pasar una bandada de patos, voy a hablar con ellos. Tengo que hacerlo yo, porque ellos no entienden el lenguaje de los grandes.

Lo que más me preocupa es que, aunque creo que entre siete y diez patos me puedan llevar a mí, dudo que puedan llevarte a ti. Se necesitarían muchos, pero muchos. Deja que yo pueda con ellos y mañana te comento. Tenemos que planear una escala y encontrar un sitio muy lindo, intermedio, donde podamos vernos, porque tenemos que amanecer tú en tu cama y yo en mi cuna.

Abue, despierta, ya hablé con ellos. ¿Sabías que son muy disciplinados? Tienen una organización para hacer sus viajes y tienen nombres entre ellos, pero solo se entienden cuando hacen unos ruidos que nosotros oímos todos iguales, pero no es así. Es como mis pucheros y risas, no fueran todas iguales, ellos se entienden, y el mayor tiene mucha experiencia. Yo les dije lo que queríamos y el pato jefe citó a su equipo para discutir. ¡Casi despiertan a mis papás con sus graznidos!

El mayor me dijo: *"Diez de nosotros podemos llevarte. Eso sí, cada 100 kilómetros nos reemplazamos en pleno vuelo. No te asustes, Aspen, nosotros dominamos la estrategia de reemplazo en vuelo, no te caerás. Pero tenemos mucho que organizar . Arriba hace frío, y tienes que llevar mucha ropa. Esa la cargará otro grupo, para que te la vayas poniendo según nuestra altura. El problema es tu abuelo, los abuelos son grandes y pesan mucho, para llevarlo llamaremos a los más fuertes que se llaman patos gansos. No sé si allá donde vives los llaman ocas, pero hablaremos con ellos."*

Abuelo, les pedí que me mostraran uno de esos grandes y fuertes. Cierra los ojos con fuerza, y si lo logras ver, me dices si varios de ellos pueden contigo. Es que eso de ser barrigones los abuelos es un problema, pero están haciendo las preguntas, y ellos dirán pronto si pueden llevarte.

Abue, ¿podrías bajar de peso? ¿Y si te quitas eso de "barrigón"? Aspen, hagamos el viaje en unos días, y yo te prometo que disminuiré mi peso. Así que sí creo que los Patos Gansos, en un grupo de veinte o pocos más, pueden conmigo. Yo sé que tenemos ganas de vernos, pero, además de perder peso, debo esperar a que me coloquen una vacuna, como esas que te han puesto a ti, para evitar una enfermedad que es muy mala.

Los Patos Gansos se ven fuertes. Me quitaré peso y me llevarán. Ellos y los gansos tienen que ponerse de acuerdo, buscar buenos sitios de descanso para que coman y tengan fuerzas, y además, decirnos en qué sitio nos reunimos y cuánto deben descansar. También tenemos que calcular que tenemos que amanecer en nuestras camas. ¡Organiza todo con ellos y me avisas para que nos veamos!

¡ABUELO, ABUELO, ¡ES URGENTE, MUY URGENTE, ASÓMATE!

"Abuelo, asómate a la ventana. Seguro estás lejos de ella y así no pode-mos hablar. ¡Corre, abuelo! Tengo algo muy importante que contarte".

Gracias a que dejé entreabiertas las dos ventanas del apartamento ya la altura donde estamos, una ráfaga de viento fresco, casi frío, entró por ellas, pasó raudo por la sala, movió las hojas de los lirios antiguos y la del lirio recién trasplantado, tomó impulso en sus hojas y rápidamente acarició a los anturios, a los troncos cuyos nombres nunca, hasta el día de hoy, me preocupé por saber, y continuó su viaje para cumplir las misiones que la naturaleza le había encomendado.

Esa refrescante ola de viento tenía dos encomiendas que cumplir, las dos muy importantes: la primera, darle oxígeno y vida a todo ser viviente que encontrara en su camino; la segunda, la más importante para mí, trae la voz de Aspen. Por la distancia a la que yo estaba de las ventanas, sitio desde donde el viento ya acostumbra a comunicarnos, su voz llegó débil, casi como un susurro, pero alcancé a escucharla, diciéndome: "Abuelo, asómate a la ventana. Seguro estás lejos de ella y así no podemos hablar; ¡corre, abue! Tengo algo muy importante que contarte".

No sé si ustedes son abuelos, pero, pretenciosamente, pienso que aún no lo son; Están muy jóvenes. Y es que eso de ser abuelos es un privilegio. Es volver a tener en casa, o como en mi caso, en un lugar lejano, una especie de réplica, fotocopia, escaneo o, más parecido aún, un clon pequeño de tus hijos. Ese clon tiene unas características muy especiales; trae consigo una mezcla genética de papá y mamá que se remonta a muchas generaciones atrás, a muchas que ya no existen y algunas que aún estamos. Y es precisamente para los que aún estamos que los nietos traen consigo un libro de instrucciones con muchas páginas.

He tratado de leer este "manual de instrucciones", pero es muy largo; me quedé dormido. Por eso, me voy a la última página, la que me gusta, porque en letras muy pequeñas, pero que se alcanzan a leer, dice: *"Abuelo, no le prestes mucha atención a lo que leíste; Yo soy tu nieto y punto. Nos ponemos de acuerdo y hacemos todo lo que se nos ocurre".* Y es que Aspen, cuando en una ráfaga de aire muy frío, casi que helado porque venía desde Canadá, me mandó su manual; Esperaba paciente que estuviera en mis manos y, con una picardía inesperada, me dijo: *"Abuelo, no te canses leyendo todo. La mayoría lo escribieron mis papás y son instrucciones de cómo cuidarme; ellos ya se olvidaron de que los abuelos los criaron y lo hicieron también, que yo estoy aquí. Mira, sáltate todo; en la última hoja, en letras más pequeñas, está lo principal".*

A duras penas, ante la urgencia del llamado, me coloqué a oscuras mis sandalias y salí hacia la ventana a esperar el próximo mensaje. Me preocupé mucho, porque era alarmante: "Abuelo, mis papás tienen en la boca unas cosas blancas que estoy seguro de que se llaman dientes, porque después de cada comida, siempre mami le dice a mi papá: 'Cuida a Aspen, que me voy a lavar la boca; no quiero que se me dañe ningún diente'. Y cuando ella regrese, papá va a hacer lo mismo. Abuelo, eso de los dientes parece que es muy importante, y yo me toqué con los dedos y no tengo de eso. Anoche me molestaba una parte de donde mis papás tienen los dientes, y con mis juguetes y una cosa que me dieron, me tranquilizaba pasándolo seguido en la boca. Mi mamá me miró y dijo: 'Creo que ya le van a salir los dientes'. Eso me preocupa, porque ellos tienen muchos de esos dientes, y ¿qué tal que yo deba tener tantos y todos me molesten para salir? ¿Tú qué piensas, abuelo?

Esa es la parte más complicada de ser abuelos: siempre te preguntan muchas cosas, demasiadas, y tú debes tener las respuestas a todo, que sean convincentes. No te extrañes, por eso se es abuelo; cuando ya uno ha aprendido algunas de las respuestas, te preguntan no sólo sobre los dientes. Eso ya se lo respondió y quedó tranquilo y riéndose. Sin embargo, son las otras preguntas las que me tienen preocupado, porque le expliqué que eso que sale a alumbrar de noche se llama luna y que el que alumbra de día se llama sol. Pero ahora quiere saber: ¿quién les escogió los nombres? ¿Por qué no sale la luna mejor de día y el sol por las noches? ¿Por qué los pusieron tan lejos de él? ¿Por qué a su tío el sol lo alumbra más temprano que a él? ¿Por qué dividieron así las cosas y él está lejos de los abuelos y del tío? ¿Por qué no estamos todos juntos para que la luna y el sol nos alumbren al mismo tiempo?

Dios mío, hasta el viento mensajero se quedó atónito y fue el viento quien acarició sus mejillas y le produjo sueño. Yo espero que mañana pregunte cosas más sencillas, aunque aún le debo las respuestas. ¿Ven por qué los abuelos somos mayores que los papás?

¡ABUELO, TENGO MUCHO QUE CONTARTE!

Imagínate, ayer estuve en una de esas reuniones que tú hacías y llamabas a todos diciendo: "reunión familiar". Ni mi mamá ni mi papá llamaron a reunión, pero creo que era una de esas. Estábamos en la sala, mi abuela y mi abuelo sentados, mi mamá también, y yo llegué con mi papá. Él se sentó muy cerca de mi mamá, y justo al lado, estaba reservado mi sitio. Ahí me sentaron y me dieron una galleta.

Abuelo, lo de la galleta me preocupó. No tengo claro si me la dieron para que estuviera muy juicioso y no interviniera mucho en la charla, aunque yo, a mis casi 8 meses de edad, podría aportar cosas que ellos no saben o ya olvidaron. Pero parece que era una reunión de mayores, y yo estaba allí solo porque no tenían otra persona que me acompañara.

La reunión, desde mi punto de vista, era de esos temas que los mayores hablan con frecuencia y que parecen ser para pasar el rato. Si tú vieras, bueno, me imagino que lo sabes y haces lo mismo. Hablan de todo: del clima, de una cosa que es terrible y de la cual decían que mis abuelos ya están protegidos contra ella, se llama Covid. Lo único que sé es que es muy malo y que uno tiene que huir de donde llega el tal Covid. Me enteré de que eso que se ponen en la cara cuando salen a la calle no es para verse más elegantes, sino porque ese "coso malo" entra por ahí y mata a las personas, y que a los que mata, los demás ya no los vuelven a ver. Eso me dio miedo; le voy a pedir al Niño Dios que mantenga a eso muy lejos de todos nosotros.

Abuelo, dijeron que vamos a salir a una montaña, a ver unos animales que SE llaman cabras, que son muy buenas y que nos dan leche para tomar y que hay niños que solo toman de esa leche y siempre están sanos y riendo; yo pienso que esas cabras, deben ser como mis dos perros guardianes, pero ellas dan leche para los niños, abuelo me da risa, pensando que Olivia mi perra guardiana dé leche para mis teteros, no me aguanté y me reí en plena reunión de mayores, me miraron todos y sonrieron, pero no saben que yo me rio de Olivia, me la imagino con tetas y mi papá sentado al lado de ella ordeñándola, ese cuadro sería para tomarle fotos, Olivia y mi Papá serían famosos; abue, cuando yo hable el idioma de los adultos, les voy a proponer que ordeñen a Olivia.

Qué belleza. Tienes que venir pronto a ver esto, porque la abuela dice que en un tiempo se ve así, pero que en otro tiempo se pone todo blanco con una cosa que pinta todo, que se llama nieve. Eso todavía no lo he visto de cerca, pero debe ser lo que pintó la parte alta de las montañas que veo allá lejos. Pero mira, aquí están las cabras. Son como Olivia, pero tienen unas puntas en la cabeza que, me dijo mi mami, se llaman cuernos y que son para defenderse si se meten con ellas. Abajo, entre las patas, está la bolsa de leche, que parece que la llenan por las noches y los señores la recogen por las mañanas y se la llevan para alimentar a sus hijos. ¡Mira, mira! Allí hay un bebé de cabra y la mamá le está dando leche, y es que mi papá me contó que los señores no se llevan toda la leche; les dejan un poco para los bebés de las cabras.

Abue, explícame una cosa, si las cabras tienen sus bebés, ¿por qué les quitan su bolsa de leche y no se la dejan toda para que los alimenten bien y crezcan fuertes y grandes?

Yo sabía que en cualquier momento Aspen me haría una de sus preguntas difíciles, y que tendría que explicarle con detalle. Pero me hice el loco y le dije que era largo de explicar, que mejor me siguiera mostrando todo lo que veía en su paseo. Afortunadamente, se distrajo cuando su papá le empezó a explicar sobre el pico de la montaña, pintado de blanco por la nieve. Con esa sonrisa pícara que siempre le dedica a sus papás, me dijo:

—Después seguimos, abuelo.

Me quedé pensando en su pregunta mientras caminábamos. Aspen tiene esa curiosidad insaciable que me recuerda a su madre cuando era pequeña. Siempre busca saber por qué, y aunque a veces no tengo las respuestas perfectas, me gusta ver cómo su mente trabaja y cómo cada experiencia nueva lo llena de asombro.

PASEANDO CON PANTALONES LARGOS

Con su camiseta azul y su pantalón largo color café, de tela fuerte, muy parecida en su textura a la que usaba mi padre, su bisabuelo, en todos sus pantalones, era una tela resistente que, cuando yo era niño, la tocaba y se sentía "gruesa". Han pasado muchos años desde esa época en que mi padre mandaba hacer sus pantalones y los de mis hermanos, así como los primeros que yo usaba, muchos de los cuales eran los que "se le quedaban a mi hermano mayor". Esta costumbre estaba muy arraigada en nuestro pueblo: la ropa de los hermanos mayores, que estaba como nueva, pasaba al siguiente de la familia o se regalaba a otros niños que podían utilizarla. Era un buen principio de economía.

Caminaba con pasos torpes, agarrado de mi mano. Estrenaba sus primeros pantalones largos y, cuando se los puso su mamá, con ese cuidado que solo las madres saben tener, todos nos hicimos a la idea de que el niño había crecido; era su primer pantalón largo y lo "graduamos". En ese momento, recibió varios títulos en su graduación: la mamá le otorgó el primero. Lo puso frente a ella y, emocionada, sin tener en cuenta el protocolo tácito y necesario para el momento, le sostuvo la cara entre sus manos, lo llenó de besos y le entregó su primer grado: el de "el niño más lindo del mundo". ".

La abuela, con los ojos húmedos, le estampó una lluvia de besos y lo graduó de "mi ponqué, mi pan francés, mi bizcocho". Lo abrazó tan fuerte que mi niño casi lloraba mientras ella le decía: ¡me lo comería a besos!

En ese momento, el papá y yo consideramos que la abuela era un peligro. Se lo quitamos, con el pretexto de poder verlo mejor con su primer pantalón largo; Creo que teníamos miedo de que le "gastara la carita con tantos besos" y lo salvamos de la abuela. El acto de graduación no había terminado. El papá, orgulloso, le pasó las manos varias veces por la cabeza y lo graduó de "todo un señor pequeño". La mamá, que ya lo había graduado, seguía mirándolo con su primer pantalón largo, como embobada. Parecía no creer que le había puesto ese pantalón y lo miraba también de forma peligrosa, como si se lo fuera a comer. Solo yo parecía conservar la cordura, pero mi tranquilidad era premeditada; era para poder decir: "*Sí, parece un señor pequeñito, me lo llevo a dar su primer paseo con sus pantalones largos*".

Antes de que todos reaccionaran, mi nieto y yo estábamos agarrados de la mano y caminamos a la puerta.

No me lo podía creer: lo había logrado. Ahí venía a mi lado, con su camiseta azul y su pantalón largo color café. Ya nos habíamos librado de todos, y Aspen miraba todo a su alrededor, se reía y preguntaba de todo. Bajábamos una cuesta porque la casa estaba en lo alto, rodeada de un bosque de árboles grandes que mi pequeño veía como si fueran los gigantes de los cuentos que en las noches escuchaba para dormirse.

Me dio un jalón en la mano, se soltó y me dio miedo que se tropezara y se cayera, pero yo tenía que dejarlo libre. Me puse a pensar: "Los abuelos son los que les dejan hacer de todo"; eso escuchaba siempre, eso había leído muchas veces. "Los abuelos son los que los malcrían, los cómplices de todo lo que los nietos quieren hacer". Así que lo dejé libre para agacharse y agarrar un pedacito de madera desprendida de algún árbol. Me miró con esos ojos grandes verde—azules y me preguntó:

—¿Qué es?

Primera pregunta del primer paseo con pantalón largo que hacía con mi nieto, y tenía que explicarle. Eso constituía una gran responsabilidad. Aún no tenía tres años y quería saber qué era un pedazo de madera, de una rama de uno de los árboles de su montaña. Contestar no era tan simple como decirle que era un pedazo de madera de esos árboles, pues en casa nos tenía acostumbrados a que, con él, una pregunta se seguía de otra y de otra, terminando uno muchas veces enredado en sus preguntas. Eran tan simples que las respuestas tenían que ser así: simples y tan completas para que lo dejaran contento, como el día que preguntó: "¿Y por qué mi tío no está aquí?". Terminé sintiéndome tonto, porque a cada respuesta me miraba con esos ojos limpios, que parecen una acuarela de cielo y mar, y soltaba otro "¿por qué?". Recuerdo que, si no llega mi hija a ayudarme, le doy una lección de geografía de España y de Europa entera.

Ahora, mi pequeño grandote, con sus pantalones largos y su mirada llena de esperanza, quería saber qué era ese pedacito de rama que había tomado del suelo. La respuesta tenía que ser simple y profunda. Mi nieto era un "hombre de pantalones largos", y había que responderle de acuerdo a su nueva situación, a su nueva investidura. Ya no era él, el bebé de pañales que hacía pucheros para que lo cargaran y mimaran; esa época para él ya era remota. Ya la había pasado, ya acababa de superar los pantalones cortos, y ahora era el señor pequeñito, con sus pantalones largos, el que miraba hacia arriba y preguntaba, con una gastada ramita de pino en sus pequeñas manos:

—¿Esto qué es?

Le mostré los árboles grandes que tanto le gusta ver desde el balcón de su casa. Le dije que esos árboles más grandes eran como los abuelos, los otros eran como los papás y los más pequeños eran los hijos y los nietos. Él me miraba con sus mezclas de mar y cielo, me daba a entender que algo entendía y parecía decirme: "Sí, abuelo. Pero la ramita que te muestro, ¿qué es?" Y tenía razón; Yo había complicado la respuesta.

Pero me acordé de los zapaticos que ya no le servían porque él había crecido y le dije: "Esa ramita es como los zapaticos que ya no te puedes poner. Los dejamos a un lado para que tú sigas creciendo, y por eso tienes otros nuevos. Así los árboles dejan caer algunas ramas y siguen creciendo con otras nuevas."

Me hizo un gesto que yo interpreté como un "déjalo así, abuelo, no te enredes más; yo te quiero mucho". Me agarró de la mano y seguimos caminando.

Debería existir una escuela o universidad que dicte un curso: "¿Cómo ser abuelo y poder responderles las preguntas a los nietos?" Si lo hay, díganme para matricularme antes de volver a pasear con el hombre pequeño de pantalones largos.